雪螳螂

【完全版】

紅玉いづき

IDUKI KOUGYOKU

輕文學
Light Literature

目錄

序章 白色絕望

這片大地染滿絕望的死白。

從天而降的並非雪花，而是如玻璃碎片般細碎刺骨的冰風暴。還來不及落地，已被狂風吹散，時而從地表颳至半空中。

這片土地在安魯斯巴特山脈中，也算是極其寒峻的冰凍山野。有個少年正拖著沉重而蹣跚的步伐前行，他身上只有幾件破爛的禦寒衣物，看起來就像裹著幾層毛毯。從磨出破洞的手套前端露出的指尖不只是冷到發紅，早已冰凍成黑紫色了。

虛茫空洞的眼，茫茫然仰望著無邊無際僅透出微光的穹蒼。這裡真是片白色地獄啊，少年心想。只有微乎其微的幽光映出這片蒼白大地，就算入夜，觸目所及仍是一片死白，那樣的白也等同於黑暗吧。

少年就像這座山脈的土地般，為世代承繼的漫長爭戰感到疲憊不堪。

一道強風襲來，少年再也支撐不住，終於屈膝倒臥在冰寒如劍山的土地上。腦子已然昏沉，視線更是模糊，自己大概不行了吧。真想就這麼沉沉睡去。恍惚之中，少年呼喚著母親的名字。他想呼喚，但母親的名字與父親的聲音早就斑駁褪色，不復記憶了。

最後一次見到母親，她手中的利刃對準了自己。

腦海中只有一個念頭。

——為什麼？為什麼不乾脆殺了我。

一抹淡淡香氣還殘留在衣服上，記憶中，那是曾被誰緊緊擁抱所沾染的。可就連那抹最貼近自己的香氣，如今也已毫無意義。

烙印在兩邊眼皮上的潰爛傷口仍泛著灼燙的痛楚，不管是睜開眼或闔上，都只能感受到痛苦。

耳邊交錯的風聲彷如細啞的笛音，其中還交雜著動物奔跑的蹄聲。這究竟是幻聽或是什麼，少年已無力分辨。

那是踏在冰地上所發出的獨特聲響。是野獸跑來了吧？反正也無所謂了。若說生是地獄，死也是地獄，那麼少年只想早一刻得到安寧。

視野前端出現一雙小小防寒靴的足尖。那一瞬間，在身邊呼嘯的冰雪風暴彷彿都停止了，但襲上身的冰冷空氣卻變得更加鮮明。

「還活著嗎？」

教人驚訝的是，傳進耳中的竟是個少女的聲音。不管裝得再怎麼凜然高傲，仍掩不住因寒冷而顫抖的柔潤童音。

少年已經分不清自己究竟是生是死，而傳入耳中的聲音又有什麼作用，他的手腕非常輕微、痙攣似地抽動了一下。

混濁的視線除了那茶色的靴子前端之外什麼都看不見，如金屬般沉重的眼皮不住地想闔上，阻礙少年的視野。

「把臉抬起來。」

從頭頂傳來的聲音充滿威迫感。但聽在少年耳中，仍像是昏沉模糊的鐘響——好想睡——連意識都逐漸染上雪白的色調。

「你聽不見嗎？我叫你把頭抬起來！」

突然之間，一雙小小的手扯住少年的胸口，硬是將他的上半身從雪地上扯了起來。少年仰起上半身，原本緊閉的雙眼也微微張開一條細縫。

「只要再往前走一百步，你就能獲救了。站起來！我要你站起來，繼續向前走！」

那是比少年更加稚嫩的，少女獨有的溫潤聲線。

空茫泛白的視野中，只見她那赤紅的唇色，還有細膩柔美的下顎曲線。

少女應該是從停在她身後那台雪地馬車裡走下來的吧。那台雪地馬車似乎剛從部落出發沒多久，少女應該不可能獨自搭乘，但她好像也不打算讓少年搭便車。

身在苦痛之中，是絕不會有人對自己伸出援手的。可是眼前的少女，卻用她小小的手揪住少年的領口，用力扯著，然後丟下那強而有力的話語。

「站起來，繼續活下去。」

比鈴聲更銳利，像是經過冶煉研磨的刀劍互相攻擊打鬥所發出的聲音。

但少年已經閉上眼，連聲音都發不出來，只能微微蠕動嘴唇吐出回答：

「——我不要。」

夠了，我不要了，少年囁嚅著。

「讓我睡吧。」

我只想得到安寧。飢寒交迫的生活，我已經受夠了。活著實在太苦了。

我只想輕鬆一點。

感覺到少女似乎憤恨地咬了咬下唇。她因少年的答覆而焦躁不悅，終於放棄似地鬆開揪住少年衣襟的小手。少年失去支撐的臉頰撞到地面，才剛感覺到疼痛，下一秒又忽然被拉起身，如死獸毛髮的灰髮被用力扯了起來。

於是這一次，少年總算看見了少女的雙眼。

近在眼前的那雙眼，深沉地燃燒著。

少年想，她眼底有簇蒼藍色的火燄呢，他胡思亂想著。

此時，嘴唇卻被囓咬似地掠奪了，被少女赤紅、熨著熱意的唇。

感覺像是吞下了液態的火燄，喉頭燒了起來，少年難以克制地把雙手撐在雪地上激烈咳嗽。冰冷的手指難受地挖著灼燙的喉間。

滴落在雪白大地上的，是他的唾液和茶色液體。少年馬上就知道，那是釀造的酒精，少年曾嘗過這個味道。喝酒，是能讓身體變得溫暖的方法之一。除了以口哺餵的酒液之外，雪地上還混雜了幾滴不同顏色的斑點。

鮮紅的血液，是生命的顏色。

身體所感受到的痛苦，也是依然活著的證明。

少年緊咬著唇，感受到如生鏽鐵塊的赤紅腥味，總算得以聚焦的雙眼由下往上望向眼前的少女。潛藏在潰瘍眼皮底下的，是少年墨黑的瞳孔。

濃郁得幾乎麻痺身心的酒液從果實般甜美的唇瓣間流進自己口中。這個時候，少年並不認為囓咬自己唇角的少女有哪裡異於常人。

就算是群居在安魯斯巴特山脈裡的部落之中，也是勢力最強大的一族。菲爾畢耶的女人有另一個稱號——盈滿激情，就算是心愛的男人也會拆吃入腹的女人們。世俗的人們懷著畏懼將她們稱為「雪螳螂」。

（雪螳螂……）

眼前這個小小的雪螳螂少女褪去外衣，任美麗的銀髮隨風飛揚，緩緩開口道。

「睜開眼，然後站起來。這等灼熱便是生命，這等血性便是我菲爾畢耶的寶藏。執握長劍活下去吧，我們是高傲的雪螳螂。絕望也無法凍結我們炙熱的血液。」

這不過是儀式中的祝禱。當菲爾畢耶的子民們要出發征戰前，由族長朗誦，讓戰士帶上戰場的贈言。從尚且年幼的少女口中說出這般言詞未免太不合宜，但明明是早該聽膩的祝禱語句，卻彷彿是為了從少女口中悠緩念出而存在的一席箴言。

「別讓絕望凍結了你的血液。」

少女的舌尖，舔舐著自己的唇。

像極了正在舔舐少年的鮮血。明明是個稚嫩的少女，這般舉動未免太過鮮明激烈。烈酒入腹，少年不懂湧上胸臆的熱潮與高昂的情感是怎麼回事。那是他打出生至今，從未有過的感覺。

只是強烈地感受到自己鮮血的滋味。

他無意識間伸出的手，已經什麼都抓不到了。

「我是安爾蒂希亞。」

少女並沒有伸出援手，取而代之的是，她告知了自己的名字。

「我是菲爾畢耶的安爾蒂西亞。當絕望凍結了你的血液時，請想想這個名字，想起這個令你憎恨入骨的名字。如果你缺乏生存下去的意義，就把我當成仇人，隨時來奪走我的命吧。」

抬起頭，站起身，昂首闊步向前走。

少女說，你隨時都能來奪走我的命。

「可是，我也不會輕易死在你的劍下。如果你想奪走我的體溫、我的生命，就努力成為一個了不起的男人吧。不准再在我面前露出這種丟臉的模樣。」

如果你需要一個活下去的理由。

就讓我成為那個理由，她笑著說。

「我是菲爾畢耶的安爾蒂西亞。我不會記得你的名字……所以，就由你來記住我。」

看著返回雪地馬車上的女孩背影，少年心裡頭一次冒出如此強烈的焦躁情緒。磨著已經失去知覺的雙膝，也不管被冰晶磨破的肌膚，他顫抖著緩緩站起身。

這時候的他，就像隻初生的野獸之子。

緊緊咬住嘴唇，血腥味再度擴散開來，而這也是她的吻所烙下的滋味。

菲爾畢耶的安爾蒂西亞。

這個名字灼燙了他的心，少年為了活下去，又往前踏出一步。

安魯斯巴特曆三百四十七年。

經歷了漫長的三十年光陰，冰血戰爭終於在這一年停戰。

第一章 蠻族的戰歌

棲息在安魯斯巴特山脈裡的居民皆是古老的民族。在被冰雪覆蓋的山野間，能作為聚落居住的土地並不算多。但在這塊有限的土地上，仍群居著幾個擁有各自獨特文化的民族。也許是為了捱過極為冰寒困苦的惡劣環境，他們的脾性多半也偏向粗暴凶猛之流。發生鬥爭時，原本拿來狩獵野獸的刀劍，也會不假思索地拿來對付眼前的敵人。彷彿想確認眼前的人不過是頭野獸。

隨著時光與季節更迭循環，當這片山脈被冰雪輕輕覆上一層薄紗之際，山野的某處，有兩個民族也拿起刀劍互相攻擊。

「不准退縮！就連往後退一步都不允許！」

在狂吹猛颼的寒風之中，站在最前端發號施令的是其中一族的族長。

兩族的鬥爭始於私怨，隨著冬季到來卻演變成一場賭上性命的殊死戰。不管哪個部族的人口都寥寥可數，但沒有人願意挺身而出阻止這場無謂的戰事。

雖無大雪紛飛的場景，但這片冰凍的土地仍被終年不化的皚皚白雪堆積覆蓋著。
參與戰事的人們身上穿著皮革製成的護身道具，手裡緊握鋼鐵刀劍。
若呼嘯的狂風能平息他們亢奮的情緒該有多好，可惜今日紛飛落下的並不是連綿冰雪，而是以木頭和鋼鐵所製成的箭矢。
人們倒下，山脈間落下鮮血。
當赤紅的血沾染了白雪，白色的天使或許會再度從天而降吧。
但直至春天到訪之時，這片山野依舊被玷汙著。
死亡不過是虛茫與沉默，然而，沸騰的鮮血是人們活著的證明，戰鬥讓他們深感興奮；每個手持刀劍投身其中的人皆已忘我，這或許也算是某種幸福吧。
兩族族長兵戎相對，就在兩人都賭上性命誓言取勝的時候——
忽而傳來足以平息動亂的高昂聲響。
那是拍打在緊繃獸皮上的音樂。在這片戰場上，出現了穿著不同於兩族裝束的一群戰士。
「來者何人！」
闖入戰地的戰士們動作輕巧熟練地令人驚嘆，不僅避開致命傷，還將兩族的武器一一擊落，掉在雪地上。

朦朧的視線，看不見屬於他們的部族徽章。

可就算如此，依然能清楚知道這群戰士正是把自己當作獵物沒錯。因為他們每個人手上，都拿著一對刀劍。

一名戰士從後頭躍出。

沒有一絲猶豫筆直朝向仍相互砍殺的兩族族長走去，那是個體型纖細、四肢修長、用面具遮掩住臉上所有表情的戰士。

而他的雙手中，也執握著與其他戰士相同的大型彎刀。

「菲爾畢耶！」

不知是誰叫出這幾個字，叫出屬於那群戰士的名字。

那是在這座山脈中，擁有悠長歷史的戰族之名。

雙手都能自由操控刀劍的蠻族。關於他們的事蹟——正確說來，是關於她們的事蹟——在這片山野中無人不知、無人不曉。

專門用來行走於雪地間的防寒靴，還有足以斬斷狂風的馭劍才能。

菲爾畢耶的戰士以優雅如舞步的動作彈開了兩族族長的刀刃，那樣的動作實在太優美，讓在場的男人皆不禁生怯。

以此為暗號般，有個女人站在丘陵上俯視著這片戰場。那是個穿著美麗服飾的年輕女子，就算好幾層布料的連帽斗篷遮掩了她的容貌，但那隨風飄曳的銀髮和一用力就能折斷的纖細頸項，彷彿都散發出美麗醉人的幽香。

在她身旁有個男人縮起了原本就瘦弱的脊背，目不轉睛地凝視著戰場，他身上的衣物和頭髮都是一片灰白，幾乎要隱沒在這片白花花的雪地中。

從她身旁傳出的高昂鼓聲，就像在詠唱著菲爾畢耶一族的戰歌。

「鎮定下來——」

從女人口中吐出的字句絕不算大聲，卻足以激烈震動凍結的空氣。

誰會不認得她？

她可是蠻族菲爾畢耶的美麗女族長呢。

「放下你們的刀劍！這片山野不該再染上無謂的鮮血。我願以菲爾畢耶之劍為籌碼，介入這場戰事從中調停。就將這場爭戰，暫且擱置在安魯斯巴特的雪螳螂．菲爾畢耶這裡吧！」

菲爾畢耶一族在這座山脈中擁有極強大的力量。也許是過去曾投身在那場漫長戰爭中的關係，自從十多年前擬定協議開始，他們就致力於維繫各個部族間的和平，菲爾畢耶也不再對其他部族兵戎相向。不過其身為蠻族的名號與勢力並沒有因此衰退，看在正彼此對峙的兩族人民眼中，他們依然是高傲且教人畏懼的存在。

但其中一方的族長緊咬下唇，再度執起落地的劍。

對方雖是蠻族，卻比自己的女兒還年輕，她手上甚至連把劍也沒有。僅僅是虛張聲勢罷了，雪螳螂也不過是經由誇飾所得來的虛名。

「放箭！」

族長的叫喊讓後方怯懦不安的士兵回過神，急忙搭弓射出銳利的箭矢。

狙擊的目標，是站在丘陵上的菲爾畢耶女族長。就算箭矢會失準也無所謂。其他人跟著揮動起刀劍，往身旁的菲爾畢耶戰士們展開攻擊。

「一個手中連把劍都沒有的小姑娘，居然想要我乖乖聽話！少作夢了——」

然而，戴著面具的戰士依然優雅地擋下傷人不眨眼的刀劍，再補上一刀砍向對方的大腿。

痛苦地屈身倒地之際，戴著面具的戰士已然逼近眼前。

「——你說劍怎麼了？」

戰士口中逸出低喃。那聲音未免太深沉、太冰冷，而且也太過……優美，令族長不由得瞠目。

視線彼端，是那個佇立在山丘上的女人姿影。瞄準她的箭矢，全被身型佝僂、守在她身旁的男人一一揮落擋下。與臉孔蒼白佇足在山丘上的女子形成對比，眼前看不清臉孔的戰士伸手摘下覆住自己的面具。

戰士是個女人。

這並不是多令人驚奇的大事。

由遠方來訪的過客或許會為此感到驚愕，但身為菲爾畢耶的子民，就算是女兒身也經常得持劍作戰。儘管男人的力氣略勝一籌，女戰士的激情卻能斬斷各種不懷好意的詛咒。

女人舞刀弄劍並不是什麼奇聞異事，教族長震驚錯愕的絕非這種小事。

而是因為，他看見從面具之間無聲地洩出一縷如銀絲的美麗長髮。

「如果靠刀劍才能令你心服口服，我就站在這裡和你鬥到你滿意為止。」

那是雙泛著淡淡藍光的瞳眸。

嘴唇是明豔動人的鮮紅。

「雪地裡的……螳螂……」

他無意識地喃喃出聲。

「——沒錯，我就是菲爾畢耶的族長。」

與站在丘陵上的女孩有著神似的容貌，手持彎刀的戰士淡漠地報上自己的名字。

「名叫安爾蒂西亞——還有什麼異議嗎？」

當這片山野被積雪包覆，漫長且疾苦的季節到來時，生活在此的人們能享受的娛樂並不多。但在暴風雪稍緩，循著雲層流動帶來的短暫休憩時刻，菲爾畢耶的部落總會響起劍戟相交的清脆聲響。

以皮革敲響樹幹，菲爾畢耶的子民嘴裡詠唱著戰歌。

站起身，菲爾畢耶的戰士。

這等灼熱便是生命。

這等血性便是我菲爾畢耶的寶藏。

菲爾畢耶部落的中心，人們圍出一圈空地，空地上有兩名手持武器的男人互相對峙著。

忽然一陣歡聲雷動，勝者高舉手中的刀劍；敗者則倒在雪地被拖著前行，看來是要帶去接受治療吧。失敗者的嘴角因苦澀而扭曲，但那貨真價實是抹笑容。

這並不是賭上性命的殺戮之戰。對他們而言，對戰是最大的娛樂。

這場對戰也是單純地以勝負作為區分。當一方不支倒地後，另一個人就贏得了勝利。

圍觀的群眾還興致勃勃等著下一個挑戰者上前，但當其中一人發現從遠方歸來的一隊人馬時，立刻大喊出聲：

「是安爾蒂西亞大人！」

在場者無不立刻回頭張望，一台奢華的雪地馬車映入眾人眼底。

認出那台馬車，人們又爆出更歡欣的叫聲鼓動：

「安爾蒂西亞大人！」

只要是菲爾畢耶的子民，任誰都知道那台雪地馬車的所有者。那是菲爾畢耶一族之首，族長的專用馬車。一旁跟著菲爾畢耶的精銳部隊，穿越明亮得幾乎刺目的純白雪地。

「安爾蒂西亞大人去打仗了嗎？跟靡俄迪？」

管不住衝動的年輕人開口發問，一旁隨即有人搖頭回答他的問題。

「是韃靼爾和沃魯袞的小糾紛，族長是去調停的。」

「調停？那種私鬥也不算什麼吧？族長有必要管那種小事嗎？」

如果有人想打架，那就任他們去打到死啊，這的確很像戰地子民會有的思考模式。

年長者只能無奈地嘆口氣。

從滿是歲月裂痕的唇縫間溢出的呼吸微帶抑鬱。

「哪能任他們繼續爭鬥下去呢。」

緩慢行進的雪地馬車突然從內側打開車門，一個男人滾落似地從車上跳了下來。那是個任色澤汙濁的灰髮生長而不加修飾，屈著背的佝僂男人。

「那個是……」

出聲的並非菲爾畢耶的族人，而是橫越大片山脈行經此處的外地戰士。正在旅途中的戰士不曉得說了什麼，只見站在他身旁的菲爾畢耶男子輕輕點了點頭。

「旅人啊，算你運氣好。雖然看不太清楚，不過現在出現的那個就是安爾蒂西亞大人喔，她是我們的族長，是個貌似天仙的大美人呢。」

菲爾畢耶的人民注意的不是剛剛從馬車上跳下來的男人，好幾雙視線仍緊盯著馬車裡頭。旅行中的男人也被挑起了興趣，跟著睜大眼往馬車裡頭窺探。

「是個女人啊？」

前一刻還在為菲爾畢耶的勇士們讚嘆不已的男人，不禁感到意外。

菲爾畢耶的人們卻毫不躊躇地用力頷首。

「是啊，我們的族長是個女人。她的父親，也就是上一代族長也是位傑出的人材，可惜被傳染病給拖垮了。安爾蒂西亞大人年紀雖小，但在前任族長的妹妹幫忙下，現在也能獨當一面帶領我們菲爾畢耶了。跟她的父親比起來也絲毫不遜色呢。」

「……被一個女人帶領？」

旅人下意識地低喃出心底的疑問，但菲爾畢耶的子民只是露出明亮的笑意。

「那是因為你還不認識安爾蒂西亞大人，才會這麼說。」

安爾蒂西亞大人真的很了不起，人們如此讚嘆，卻仍露出淡淡的苦澀憂愁。像是不知該如何接續這個話題般，陷入了短暫的沉默。

「可是，安爾蒂西亞大人……」

再也壓抑不住心中的情緒，其中一個男人吐出夾雜著苦悶嘆息的低語：

「她真的要為了部族間的和平，委身於那個瘋狂的靡俄迪嗎……」

結束調停的任務後，在返回菲爾畢耶部落的雪地馬車中，無疑地可以見到安爾蒂西亞族長的身影。

將身子倚靠在馬車座椅上的族長，整顆頭依然被好幾層厚重的連帽斗篷覆蓋住。從小小的雪地馬車窗口望向部落那頭，此刻她已經取下遮掩容貌的面具，銀色長髮鬆鬆地綁成一條麻花辮垂在頸邊。

坐在安爾蒂西亞身旁的，是一名看似嚴肅的貼身侍女。她有著與菲爾畢耶族長相同的髮色、同樣白皙無瑕的肌膚，一絲不苟盤起的髮型和表情雖然沉穩自持，但看得出來她正準備從少女蛻變成女人，正值青春年華的美麗肌膚吹彈可破。

「太好了……看來這台馬車應該能撐到回家吧。」

侍女仰望遠方的天空喃喃道。雖說隆冬未至，但若遇上暴風雪，光憑她們也束手無策。

「已經看得見部落的房舍屋簷了。能比預定花費的時間提早兩天回來，是再好不過的事了。」

領首說出的這段話，不知為何顯得尖銳。些許沉默過後，族長沉聲回道：

「……都是託了大家的福。」

「不。」

這樣的答覆似乎早在預料之中，侍女連忙轉過頭。

「不，都是多虧了陛下那了不起的奇襲策略啊。」

刻意加重語氣，字字句句都透露著尊敬。就連「陛下」這種與古老民族菲爾畢耶有些格格不入的名詞，從侍女口中說出來更彰顯出她堅定不移的信念。

除了不加隱藏的敬意之外，還有不著痕跡的親暱。

菲爾畢耶的族長沒有回話。

侍女終於放棄似地微微垂下眉角，嘆了一口氣。

「我並不是有異議，因為我比任何人都更信任陛下的能力。可是，那樣的做法確實也讓我很不好受就是了。」

讓替身站在遠方，自己卻身先士卒、一腳踏進危險的戰地之中。這麼做確實是致勝關鍵，但並不能說是萬全之策。

安爾蒂西亞輕嘆一聲，解下罩住自己的連帽斗篷，甩了甩頭。

從窗口灑落的強光，照映在她的銀髮與側臉之上。

略施薄粉的淡淡妝容，讓她細緻的肌膚和如陶瓷般冷硬的表情多添了一分淒迷的美感。

而那雙令見者無不深植腦海，藏在長長銀色睫羽底下的瞳眸，是燃燒如燄的蒼藍色。

「對不起，結果反而讓露遇上危險了。」

從紅豔的唇瓣間逸出的語氣是低沉的，風平浪靜般的平靜。

「這算什麼……」

在顛簸搖晃的馬車中促膝靠近，名叫露的侍女窺看著主人安爾蒂西亞的臉孔笑道：

「曝露在危險之中，本來就是我的職責啊。」

囁嚅般低啞的語氣，與安爾蒂西亞實在太過相似。不只是音色，仔細想想就連髮色和瞳孔的顏色、乃至於臉形輪廓，她們兩人真的十分相像。

安爾蒂西亞與露之間並沒有血緣關係。無論是肌膚、髮色，瞳孔色素偏淡等等，這些都是聚居在山野中的菲爾畢耶一族所演化出的特徵。因為同是菲爾畢耶人，就算在好幾代前曾經有過血緣交融也不足為奇，不過至少近代並沒有親戚關係。所以這等相似，並不能稱為偶然。露從小就被教育著該怎麼與安爾蒂西亞變得更相像。

因為露是菲爾畢耶的族長，安爾蒂西亞專屬的影武者。

為了成為安爾蒂西亞的替身，替她擋下所有危險，從小她就被帶進大宅院裡與安爾蒂西亞一起生活。因為她沒有父母，「露」這個名字是安爾蒂西亞替她取的。從孩提時代開始，她們就接受相同的教育一起長大成人。

並非歷代族長都會有與自己極為相似的影武者。上一代族長所擁有的替身，就是性別與體格與他截然不同的親妹妹。

安爾蒂西亞會有一個與自己如出一轍的影武者，當然有不為人道的原因。就算身旁有貼身侍衛保護，她自己也擁有同樣出類拔萃的劍術，卻還是得有個能在公務上替自己分憂解勞的助手才行。

雖說極其相似，但只要兩個人湊在一起，還是能看出兩人之間明顯的不同。

「話說回來……」

說話的同時，露也移坐到安爾蒂西亞身邊，微微笑著。

她的笑容，溫暖得就像陽光灑落。

那樣的天真無邪，就是露與安爾蒂西亞之間最大的不同。

「我會遭遇危險，還不是因為有個笨護衛，一雙眼只顧著注意陛下的關係！」

邊說邊抬起套著防寒靴的腿，重重向下一蹬。

她所瞄準的，就是剛才話裡所說的「笨護衛」的腳。沒有半點聲息，在馬車一隅，有個如冬眠中的棕熊般蜷縮成一團的黑影。

沒有一絲光澤的糾結灰髮完全遮掩住他的雙眼，明明待在馬車裡，他仍刻意將連帽斗篷壓低，看起來就像個與世隔絕的隱士。說得再刻薄一點，他看起來就像個乞丐，但露往下踏的腳卻踩了個空。熊一般的黑影，以不起眼卻極其迅速的動作躲過露的攻擊。

露的臉上明顯透露出不悅。

「……區區多茲加，居然還敢躲。」

縮回角落的人影沒有半點回應。

男人的名字叫多茲加。

他是個男人，但除此之外再也看不出什麼。蜷縮著身子的他看起來像個龍鍾老人，可是光憑剛才迅捷如狡兔的動作，感覺又相當年輕。

菲爾畢耶中沒有半個人知道他到底幾歲了，也無人知曉他究竟是怎麼長大成人的。

他自稱是菲爾畢耶的子民，不過這點也無從確認。

當族長安爾蒂西亞破例擢升他為自己的貼身侍衛時，菲爾畢耶的戰士們無不大力反彈。

時至如今，依然有許多人為此感到不滿。

像露這種還會跟他說話的人實屬少見。菲爾畢耶的人們全將被擢升為族長貼身侍衛的他當作空氣視而不見，而他也讓自己如同空氣般沉默地不多加言語。

雖然外貌看起來很骯髒，卻像是深深的雪一樣沒有氣味的男子。

他就像個存在感薄弱的背影緊跟在安爾蒂西亞身後，悄無聲息。

安爾蒂西亞微微闔上雙眼，開口低喃：

「動作確實是差了一點。若是怠忽鍛鍊而使能力下降，我可饒不了你，多茲加。」

「是！」

一被點名，多茲加立刻發出嘶啞的聲音回話，同時把頭抵在馬車的踏板上。

「區區多茲加還敢這麼大聲說話！」他這樣謙卑的舉動反倒令露美麗的臉孔忍不住抽搐，立刻從座位上站起身來。

「我跟陛下有重要的事要說，多茲加你出去，快點出去！」

露打開多茲加身後的車門，硬是將他推了出去。好不容易將閒雜人等攆走，露像是完成一件大工程般拍了拍手。

「就算菲爾畢耶的女人盈滿激情，但男人要是都像他那麼沒出息，有再多激情也沒什麼意義啦。」

安爾蒂西亞並沒有阻止侍女的暴行，也沒有出聲責備，只是淡淡回了一句：

「菲爾畢耶的男人並不會沒出息，那是多茲加個人的問題。」

「就是說啊，真討厭。」

露偷偷覷了安爾蒂西亞的側臉一眼。

那您為什麼還要把這麼窮酸丟臉的男人擢升為近衛隊長，讓他待在自己身邊呢？

關於多茲加被擢升為近衛隊長這一點，露也和其他人一樣，心中充滿了不解。多茲加確實是誓死效忠安爾蒂西亞沒錯啦。

就像剛才，他能毫不費力地躲過露那一腳，但若換成安爾蒂西亞，他恐怕會自己湊上前來挨踢呢。

他的忠誠無可否認。可是，當近衛隊長又不是只要忠誠就夠了。

近衛隊長的職責並不是當隻狗啊。

大家引頸期盼的近衛隊長不該是隻忠犬，不不不，忠犬是很不錯啦，不過要是隻拿不起劍的呆狗就不用了。

多年以前，菲爾畢耶曾與棲息在這座山脈的某個部族引發一場以血洗血的殺戮血戰。

賭上蠻族尊嚴、讓多數子民奮戰至死的那場戰役，終於在安爾蒂西亞的父親那一代休戰了。

菲爾畢耶的人民都說，持續好幾十年的戰亂時代總算過去了。但若真的過去了，安爾蒂西亞身邊就不需要露的存在了。

流動的血液只是暫時被冰凍，那場血戰並沒有真正結束。

——還沒有……完全結束。

「重要的事是什麼？」

淡淡的語氣並無催促之意，卻已足夠讓露從游移的思緒中回神。

視線在半空中逡巡了幾秒鐘後，她才壓低聲音囁嚅道：

「韃靼爾和沃魯袞，說不定還會再打起來。」

從露口中逸出的，是才剛遠征調停過的那兩個部族的名字。

安爾蒂西亞仍是沉默，僅用眼神要求侍女接著說下去。

「那場戰事的起因確實是出於私怨沒錯，先發動攻擊的是韃靼爾……原因是，韃靼爾族長的女兒被沃魯袞的年輕人所傷。」

安爾蒂西亞也知道這件事。她分別聽取了兩位族長開戰的理由，設法讓他們達成和解的共識。

「回來之前，我曾和韃靼爾族長的女兒見了一面，她看起來非常憔悴呢。」

這是我的直覺啦……露以這句話作為開場白，但幾乎是百分之百地篤定道。

「……我想，她現在還依然愛著沃魯袞的那個年輕人吧。」

人心不是這麼簡單就能控制的。一些枝微末節的小事大可以笑笑帶過就算了。不過，那些枝微末節的小事，亦有可能改變一個人。

「是嗎？」

安爾蒂西亞點了點頭。「那就只能再觀察一下他們的狀況了。」言語之間，目光也瞥向窗外。

「再過一個月，說不定會有所改變呢。」

這句輕喃從安爾蒂西亞口中逸出，難得竟透露出些許情緒。露並不意外會聽到這個答案，卻自覺到為何會遲遲無法對安爾蒂西亞提出這件事的真正理由。

因為，她一點都不想從安爾蒂西亞口中聽到這句話。

人心是會改變的。幾乎已經能預料到某種戲劇性的事態發展即將上演，而且，就是從現在開始的一個月內。

「衣服都決定好了嗎？」

安爾蒂西亞接著問。

臉上掛著複雜的神色，露還是微笑著回應：

「是的，是件非常適合陛下的美麗禮服呢。」

是嗎……安爾蒂西亞的反應感覺不出一絲傷感，露只能逼自己繼續掛著微笑說話：

「可是啊，這種事真是前所未聞呢。居然有叫替身去替自己試穿結婚禮服的姑娘！」

「因為我不需要，但是露喜歡吧？」

安爾蒂西亞沒有打扮自己的興趣。但聽安爾蒂西亞這麼說，露卻嘟著嘴不悅地回道：

「是啊，我就是喜歡嘛，不然要我代替您舉行婚禮也可以喔！」

話說得果決。

安爾蒂西亞臉上卻沒有一絲笑容。

「這是不可能的。」

安爾蒂西亞的態度非常冷靜，就是因為太冷靜了，才讓露更感到心痛。「真的很抱歉……」只能立刻為自己的無禮道歉。

「啊啊，我們已經到了呢。」

露說著，同時也像在安慰自己般悄悄閉上雙眼。

盈滿胸口的疼痛只是錯覺吧。自己明明是為了成為她的替身而被教育長大的，為何連心中的苦楚也不能替她分擔呢。

緊閉雙眼就能鮮明地回想，露選擇的美麗婚紗肯定會將安爾蒂西亞襯得光彩奪目。

在短暫的春季到來之前，她的主人、菲爾畢耶的女族長，將背負著菲爾畢耶所有子民的人生，下嫁給宿敵的領袖。

那一定是比雪地精靈更絕美動人的身影。

漫長無止境的戰爭終將劃上休止符，而她，將是達成這場協定的最後一枚棋子。

第二章

螳螂的婚禮

還記得那瘦弱的掌心，和即使如此也不失威嚴的寬闊背影。

「為了永久的和平，妳的未來已經被賣給靡俄迪的仇敵了。」

父親問：妳知道這是什麼意思嗎？安爾蒂西亞回答：我不懂。

當時，她還未滿七歲。

雖然不懂貴為一族之首的父親所說的這句話究竟是什麼意思，但……

「安爾蒂西亞，這是只有妳才能打的仗。」

既然父親都這麼說了，安爾蒂西亞除了頷首同意之外，並沒有其他選擇。

父親的雙手擱在安爾蒂西亞小小的肩膀上。受病魔侵襲的族長手腕沉得嚇人，這樣的沉重，卻是菲爾畢耶的生命重量，也是血液的重量。

族長必須為菲爾畢耶而生，為菲爾畢耶而死。

身為族長的女兒，這是自己必須背負的宿命，安爾蒂西亞這麼認為。

為了尊貴的和平——尚且年幼的安爾蒂西亞還無法理解。蠻族菲爾畢耶與狂人靡俄迪兩個族群之間，確實橫亙著難以跨越的鴻溝。

為了消滅敵族而不斷揮劍相向，當時的安爾蒂西亞認為，就算真正的和平永遠無法降臨也無所謂。

面對將自己賣給靡俄迪，以此等價換得永久和平的父親，小小的安爾蒂西亞只有一個疑問。

「春天，很美嗎？」

「——嗎？」

安爾蒂西亞喃喃自語的聲音傳進正在一旁準備鏡子的露耳裡。

在菲爾畢耶族長所居住的大宅院中，安爾蒂西亞房裡的暖爐火燄靜靜搖晃著。在火光映照下，玻璃窗被熏得一片霧白。

「您有說什麼嗎？」

「沒有。」

安爾蒂西亞緩緩搖了搖頭，她鮮少會沉溺在過去的回憶中。沒想到自己對於十年前所發生的事還記憶猶新，安爾蒂西亞也為這樣的自己感到些許愕然。原來對自己而言，那竟是印象如此鮮明的一段往事啊。

當時的問題還真教人感傷……像是與自己完全無關，安爾蒂西亞茫然地任思緒游移。

一旦想起孩提時代的回憶，靈魂彷彿也被抽離了身體，有種正從高處俯視著自己的錯覺。那些鮮明真實的感觸屈指可數，不過是從生性冷漠的孩子變成生性冷漠的大人，就只是這樣罷了。

一面鏡子置於眼前，露站在鏡子旁微微笑著。

安爾蒂西亞的身影映在鏡中，身上穿著露為她精心挑選的結婚禮服。以白色和藍色為基調的禮服，不同於這座山脈各個部族的傳統，是非常罕見的剪裁。在安爾蒂西亞穿上這件禮服之前，露就已經握緊拳頭地說：「我不會讓婚禮變得庸俗的！」

「我一定要讓靡俄迪的族長看得目不轉睛，狠狠地壓過他的氣勢，連您的手也不敢隨便亂碰，讓您成為最高雅聖潔的新娘！」

安爾蒂西亞不認為這麼做有何意義或價值，但看露一副賭上性命的堅決模樣，也只能乖乖地連指甲都任她擺布了。

露依然穿著侍女的服飾。也許是安爾蒂西亞經過一番盛裝打扮的關係，乍看之下也不會將兩人給弄混。原來只要換個髮型加上簡單的妝點，就能有這麼大的轉變啊，安爾蒂西亞覺得這簡直像在變魔術一樣。

「您實在太美了。」

露感嘆似地低喃。

「是嗎？既然露都這麼說了，大概就是這麼回事吧。」

露的眼光無可挑剔。過去她也曾替安爾蒂西亞挑選幾件出席重要場合所需的服飾。每當遇到這種狀況，安爾蒂西亞總認為既然有著相同的臉孔，生性活潑開朗的露一定比自己更適合這些衣裳。但真正穿上之後，才發現這些衣著飾品正是因為妝點在安爾蒂西亞身上，才會如此美麗適合。

露似乎正在煩惱該怎麼讓頭紗、髮型和胸花取得最佳的平衡。

安爾蒂西亞只能像個娃娃無所事事地呆坐著任她擺布，實在是有些累了，只好低聲說：「髮型等當天再弄就行了吧？」

「就跟選擇禮服一樣，我很信賴露的眼光，妳絕不會出錯的。」

安爾蒂西亞這麼說，可是露並沒有停下手邊的動作。「因為我想看啊。」反而相當坦率地說出心中的想法。

「婚禮那天，您妝扮得再美麗動人，都是為了那個結婚對象，也就是靡俄迪的族長。當天的陛下愈是美麗，我一定愈氣惱……所以，今天就允許我多任性一會兒吧。」

語氣雖然平靜，卻是露拚命壓抑情感吐出的真心話。安爾蒂西亞試圖從鏡中窺探，但自己的身影擋住了身後的露，安爾蒂西亞無法看見露此刻究竟露出了怎樣的表情。

擁有美麗的容貌，冷漠且激烈，就像冰一樣——見過安爾蒂西亞的人，多半給予她這樣的評價，身旁的影武者則比自己多了分純美及惹人憐愛的氣質。

剛被帶到安爾蒂西亞眼前來時，露是個與她年紀相仿的稚嫩少女。從那一天開始，露便發誓效忠安爾蒂西亞，也曾好幾次挺身為安爾蒂西亞擋下危險。

許多同住一個屋簷下的人也無法清楚地分辨出她們兩個，她完美地扮演了自己的角色。事實上，對於成功扮演自己，給予多方協助的這個分身，安爾蒂西亞心中除了感謝之外，對她更有一份深刻的情感。

「露……」

「怎麼了？我弄痛您了嗎？」

看著鬆開手，有些不安窺視著自己的露，安爾蒂西亞不由得垂下視線，靜靜地出聲道。

「再過十天，我就要嫁進靡俄迪的部落裡了。」

安爾蒂西亞首先確認了這個事實。

「我要嫁給靡俄迪的族長。」

這件事並非突然決定的，但也不是出自安爾蒂西亞的意願。

安魯斯巴特山脈部族互相對立的狀況至今已逾幾十年，不再兵戎相向的菲爾畢耶和靡俄迪兩族族長早在十年前就決定以這場婚禮作為和平的見證。為了讓歷經三十年的漫長血戰，能真正劃下休止符。

為了迎接婚禮，這十年來，兩方人馬皆處於休戰狀態。

「……是的。」

雖然低垂著頭，露還是頷首回應。那並不是為了婚禮而歡欣喜悅的表情，但她也沒有表示反對。因為她只是個被允許保有自己原本的個性，卻仍屬於安爾蒂西亞的影子。

雙眼隔著鏡子補捉到露的視線，安爾蒂西亞接著說：

「我將成為靡俄迪的妻子。換句話說，靡俄迪也將成為菲爾畢耶的丈夫。只要舉辦了婚禮，我……也不會再遭遇那麼多危險了。」

言下之意，她身為一族之長的價值也不再像過去那麼重要了。只是安爾蒂西亞對這一點並沒有明說。

長久以來，當然也曾聽人提起關於靡俄迪族長這個宿敵的種種，不過安爾蒂西亞從沒有直接和那個人說過話。因為沒有這個必要，而他們也不會因此相愛。

舉辦一場婚禮——這便是安爾蒂西亞身為族長，最重要的使命。

如今，再過一個月不到，她就要前去完成這項使命了。

當這一天到來時，安爾蒂西亞有一句非告訴露不可的話。

「我想，該是時候讓妳自由了。」

露錯愕地抬起頭。面對那張凍結在困惑表情的臉孔，安爾蒂西亞盡其所能地放柔了目光。

雖然無法像露一樣露出燦爛明亮的笑容，但至少……希望能將自己的心意傳達到她心底。

「我將成為冠上靡俄迪與菲爾畢耶之名的安爾蒂西亞。所以，我要讓妳自由，不需再為我賣命了。」

捨棄名字、捨棄家人，被帶來安爾蒂西亞跟前的露啊。

她已經幾乎，付出了所有。

「作為菲爾畢耶的子民，我會成為妳的後盾，讓妳這輩子都能過得自由自在。」

聽安爾蒂西亞一字一句說著，露緊緊絞握的雙手指尖忍不住顫抖。

「……這段日子以來，真是辛苦妳了。」

鏡中的她，似乎想說些什麼而微微張開嘴卻又闔上，然後搖搖頭，放鬆了肩膀的力氣。

然後她露出美麗的微笑，瞇細了眼，悠緩開口道：

「那麼，請您現在立刻將我解雇吧。我會再度敲響這座宅邸的大門，跪在總管面前，求她讓我以侍女見習生的身分再一次服侍於您的身側。」

語氣如玩笑般輕鬆，但隱藏在她深邃眼中的卻是無可忽視的真誠。

啊啊，可是……她慌張地連忙更正：

「我應該到靡俄迪的宅邸去工作才對。我現在立刻就去色誘靡俄迪的男人。您不用擔心，還有十天的時間呢，我一定能比陛下更早舉辦婚禮的。」

斷然說出這些話的露語氣很堅定。安爾蒂西亞微帶笑意地閉上雙眼，夾雜著嘆息吐出一句：

道的。

「這種話從妳口中說出來，可不像是玩笑話。」

自己所疼愛的影武者，在背地裡並非如表面上那般品性端正，這一點安爾蒂西亞是知道的。

露促膝靠了過來，輕輕地將自己的手疊在安爾蒂西亞的手背上。

「露絕不會對陛下說謊。」

美麗柔軟的掌心，與安爾蒂西亞長年揮劍鍛鍊而變得粗糙乾硬的手截然不同。

生活在安魯斯巴特山脈的人們，鮮少將自己的雙手曝露在空氣中。如果有人見著了這雙手，就能知道露跟自己有多大的差異，這麼一來她也就無法繼續勝任影武者的任務了吧。

就連看在安爾蒂西亞眼中，露也是個不可多得的美人胚子。

不僅盡可能讓外表與自己相似，嬌媚開朗的她居然能如此完美地扮演冷漠的自己，讓眾人都分辨不出。正因為她是如此不可多得的少女，安爾蒂西亞才更覺得該還給她自由。

就算這麼想，她還是會跟來吧。

「妳想跟我一起到靡俄迪去嗎？」

露挑起一邊眉毛，似乎對安爾蒂西亞的問題相當不以為然。

「我打一開始，就沒打算不跟著去啊。」

「是嗎……」安爾蒂西亞仍垂著眼，輕輕點了點頭，也無心再多說什麼了。

在靡俄迪的生活，肯定不如菲爾畢耶輕鬆愜意。可是，安爾蒂西亞必須做她該做的事，而露同樣也會盡她的本分，無論何時都待在安爾蒂西亞身邊吧。

思及此，一股暖流也悄悄滲流進胸口。

安爾蒂西亞閉口不再言語，視線不經意一瞥，隔著鏡子只見仍跪在地上的露不知為何竟露出一臉不滿。

「……陛下說要讓身為影武者的我自由……難道貼身侍衛就不用嗎？」

神色複雜的繃著一張俏臉，露再也憋不住地咕噥道。

「妳是說多茲加嗎？」

「沒錯。」

「為什麼啊……」

看著握緊拳頭狀似憤慨的露，安爾蒂西亞沉默了半晌，以指腹摩擦唇瓣陷入深思。

確實，安爾蒂西亞想都沒想過要將多茲加解雇。

「我不是想帶他去。」

出聲的同時，安爾蒂西亞才注意到這是多麼理所當然的事。

「而是那傢伙……一定會自己跟來的。」

像是早就預料會得到這樣的回答，露立刻深深嘆了口大氣。

「……安爾蒂西亞大人的男人運實在太差了。」

明明再過不久即將嫁作人妻，安爾蒂西亞卻因露的這番話而感到愉快。

「說不定吧。」

在還不了解男人這種生物之前，就必須深入敵營嫁給宿敵。待在菲爾畢耶的部落裡，安爾蒂西亞有交流的男性，頂多就是家族中的人，或是練劍的劍友罷了。

雖然並不是說因為對方是宿敵就不可能是自己的真命天子，但似乎也無法抱持期待。安爾蒂西亞也不記得自己有過期待的感覺。

並不是只有與男性相遇才能被稱作命運，也不是相親相愛就能算是真命天子。失去情愛的補償，就是能強悍地握著劍護衛自己想保護的一切。

看著鏡中安爾蒂西亞堅定的模樣，露不由得開口：

「……您覺得自己不適合得到幸福嗎？」

「不。」

答案說得太快，像是一點也不驚訝露會問出這樣的問題。只是聲音就這麼自然地脫口而出，如同人總是習慣沐浴在陽光底下。

「我只是做我該做的事，僅此而已。」

而這就是屬於我的幸福，安爾蒂西亞如此確信著。

露恨透了這種說詞，輕輕梳整美麗的銀髮，不帶一絲笑意，果斷地說出自己的想法：

「露沒有什麼非去完成不可的事……所以，我要做的就是讓陛下得到幸福。」

懊悔地緊咬下唇，露倍感無力地囁嚅：「雖然，我不知道該怎麼做……」

「妳已經做的夠多了。」安爾蒂西亞閉上雙眼，輕聲回答。

終將到來的婚禮將伴隨明媚動人的春季到來。

希望春天會美得讓人暈眩。

安爾蒂西亞心想，這樣的話，我就要將春天命名為「幸福」。

猛烈噬人的寒冬吐著大氣，悄悄將時序推向出發時刻。

就在兩個族群將聯手舉辦一場盛大婚禮的前一個月，安爾蒂西亞也以新嫁娘的身分出發前往靡俄迪的部落。

「——真不好意思，安爾蒂西亞，原本我也該一同前往的。」

從天井垂下的厚重簾帳深處傳來低沉嘶啞的女人聲音。

「……姑姑，千萬別這麼說。」

安爾蒂西亞佇立在床榻前，淡淡回道：

「您以菲爾畢耶大使的身分和靡俄迪周旋、交涉那麼多年，也該讓自己好好休息一下了。」

從簾幕般厚重的床帳另一頭坐起身的，是安爾蒂西亞的姑姑，也是上一任族長的親妹妹，名叫蘿吉亞。自從上一代的族長逝世後，周圍本以為她會繼位成為女族長，沒想到她卻跌破眾人的眼鏡，輔佐安爾蒂西亞上任，是個已退居簾後的女戰士。

對安爾蒂西亞而言，蘿吉亞姑姑不只是養育自己長大的親人，同時也是比任何人都更嚴厲的劍術師傅。

過去蘿吉亞姑姑曾隨著一族之長的父親翻越安魯斯巴特山脈，舞動手中的刀劍奮勇殺敵。當時是冰血之戰的末期，最嚴峻苛刻的時代。

蘿吉亞姑姑驍勇善戰，在戰場上她甚至能和當時的靡俄迪族長互相對峙。

如果她能打倒靡俄迪的族長，今日也毋須靠婚姻來統合兩個部族了，很可能就變成菲爾畢耶征服了靡俄迪。

但是，所謂的歷史是沒有「如果」的。

蘿吉亞姑姑敗給靡俄迪的族長，雖然沒有喪命，她卻失去一部分的身體。對戰士而言，等同於生命、那把執劍揮舞的手，自手肘以下全部失去了。

她會拒絕登上族長之位，也是這個原因吧。拖著有缺憾的身體就難以統治人民，每當她出現在菲爾畢耶的人民面前，就會一而再地凝聚起對靡俄迪的反感。

身為一個戰士，蘿吉亞姑姑絕對是一等一的，若至今仍是戰國時代，她就算失去一部分的身體還是會接下族長的重責大任吧。

只不過，山脈已吹起和平的微風。

誰都不曉得與劍相伴一生的蘿吉亞心裡究竟是怎麼想的。她只是盡己所能將一身的劍藝武術全部傳授給登上族長之位的安爾蒂西亞，她的姪女。

接著便以大使的身分前往靡俄迪，明知會有危險，還是竭盡全力促成這場姻緣。

蘿吉亞姑姑一生都沒有伴侶，也沒有子嗣，當她完成促成兩族聯姻的大任後很少出現在人前。經歷過戰地洗禮的身體雖然健壯強悍，但最近幾年只要一遇上冬天，她總會嚷著

「體力都被削弱了」之類的話。

可是像這樣終日不離床榻卻是第一次。

安爾蒂西亞心想，也許是和平大使這個工作所帶來的後果反應在姑姑身上吧。

「我一定會讓這場婚禮順利進行的。」

雖然是有血緣關係的親人，不過這句猶如宣誓的話語，安爾蒂西亞卻是對著嚴厲的恩師所說。

「——菲爾畢耶就麻煩您了。」

床榻上的蘿吉亞好半晌都沒有回話，深思許久後，她才用不甚清晰的聲音吐出一句：

「願妳能贏得勝戰。我們的族長．安爾蒂西亞。」

向床榻上的長者道謝過後，一走出蘿吉亞寢室的安爾蒂西亞，隨即被幾道急忙趕來的影子包圍。

「安爾蒂西亞大人，我們真的不用隨您一同前往嗎？」

菲爾畢耶的戰士們慌張地向準備前往靡俄迪的安爾蒂西亞發問。

「沒這個必要。」

安爾蒂西亞想也不想就直接回絕。

「又不是要再度開戰，婚禮沒必要帶兵前去。」

「可是，如果靡俄迪那些傢伙拿劍指向安爾蒂西亞大人……」

「多疑猜忌能有什麼作為？」

安爾蒂西亞的回答猶如無風的夜晚一般平靜。

「這樣只會招來混亂與對立，你們拿什麼臉去面對我死去的父親！」

戰士們被堵得一句話都說不出來。

安爾蒂西亞的父親是位英勇的族長，他至今依然活在菲爾畢耶戰士們的心中。

「這場婚禮是我父親無論如何都想完成的心願。你們難道不能放下刀劍，為我祝福嗎？我和靡俄迪的婚禮，將會成為兩個部族的未來。」

聽她這麼說，菲爾畢耶的戰士們只能緊咬牙關，頷首同意。

安爾蒂西亞對眾人說：「這不是戰爭！」這句話並不是謊言。

蠻族菲爾畢耶的戰士比任何人都更驍勇善戰。但這場婚禮，並不是他們、也不是她們的戰爭。

「你們兩個，該走了！」

將長年相伴的兩把彎刀懸在腰間，轉身時裙襬隨之翻飛，隨侍在旁的是她的影子侍女，和總跟隨在她身後的一名貼身護衛。

不需要一隊人馬浩浩蕩蕩。只要由我一人獨自前往就夠了。

「這是我的戰爭。」

這是即將上戰場的信號。

那一天，族長安爾蒂西亞從菲爾畢耶的部落出發，為了完成婚禮動身前往靡俄迪。

安魯斯巴特山脈颳起了連呼吸都為之凍結的暴風雪。

這是阻擋在安爾蒂西亞等人面前的苦難。

同時，也是上天賜予的祝福。

第三章

狂人的永生

靡俄迪的宅邸建造得相當豪奢，屋裡卻充斥著完全不同於菲爾畢耶的空氣。因為到處都塞滿了咒術道具和獨特的木質香氣，感覺就像身在遙遠的外國。

菲爾畢耶與靡俄迪雖然都是生根在同一山脈的民族，但就在數百年前，這座山脈裡的人民曾歷經過一場大恐慌。人民因此分裂，甚至有一個古老的國家因此毀滅，時至今日已沒有人知道當時發生的事了。

「遠道而來，真是辛苦了。」

一道低沉的聲音竄進耳裡，出聲者的背後有個偌大的壁爐。安爾蒂西亞睜著彷若冰凍的青藍眼瞳，凝視背對熊熊烈火的靡俄迪族長。

是個精壯強健的男人。

安爾蒂西亞表現出不似少女的冷靜，注意到男人的長相之前，目光已先在對方的身上巡行一圈。

靡俄迪似乎偏好較高的室溫，壁爐裡的火勢燒得猛烈，而他們一族都只穿著輕裝。靡俄迪族長包裹在衣服底下的身軀，是經過鍛鍊的結實健壯。

雖然有些失禮，但說真的還真教人驚訝。聽說狂人靡俄迪會使用奇怪的咒術，安爾蒂西亞原以為他們是不擅肉搏戰的軟弱民族。這並不只是安爾蒂西亞對他們的印象，而是菲爾畢耶蔑視靡俄迪的族群情感。

不過靡俄迪的族長卻推翻了安爾蒂西亞先入為主的觀念，有著一副理應征戰沙場的強壯身軀。

或許是從他父親——已經逝世的前代靡俄迪族長那裡傳承而來的。「他絕不是個軟弱的男人。」過去安爾蒂西亞的父親常將這句話掛在嘴邊。

靡俄迪族長有著如焚燒雪地後的黝黑膚色，漆黑的頭髮和眼睛都充滿強大的力量。他算得上是個美男子。雖然不至於受他迷惑，但安爾蒂西亞心中仍升起一股不為人知的念頭。

如果能與他比試比試一下劍術，或許對他的印象也會改變。

站在眼前的男人，是自己的未婚夫。

而且，也是菲爾畢耶一族的宿敵。

站在這個男人面前，有那麼一瞬間，安爾蒂西亞多麼希望自己能以不同的方式與他相遇相識。

或許這也是她父親……與他父親所衷心期盼的吧。

可笑的念頭只存在剎那之間。為了抹滅那樣的想法，安爾蒂西亞開始動作。

拔出懸在腰間的劍，以行雲流水般優美的動作單膝點地，將手裡的劍遞向前，置於地板上。

在她身後的侍女與貼身護衛也同樣把劍擱在地上。

不論男女，這是菲爾畢耶一族的禮儀。

打從一開始，安爾蒂西亞就下定決心要完成這樣的儀式。

「——蠻族。」

安爾蒂西亞低頭垂首，當然也聽見了從靡俄迪族長口中不屑吐出的這句嘲諷。

屋裡被熊熊火燄焚得灼熱的空氣瞬間凍結了。

但是，安爾蒂西亞的臉色絲毫未變。

因為她早有覺悟，會聽到這樣的言論。

面對抬起頭，雙眼眨也不眨凝視著自己的安爾蒂西亞，靡俄迪族長心中究竟懷抱著怎麼樣的感情？

只見他扭曲唇角扯出一抹笑意，發出能震動耳膜更深處的嘶啞聲音開口道：

「我的名字叫沃嘉。菲爾畢耶的族長，妳的名字是？」

他怎麼可能不知道安爾蒂西亞的名字。會這麼問，只是基於禮儀。

因為明白這一點，所以安爾蒂西亞也以冷淡的聲音回應他的問題。

「我名叫安爾蒂西亞。」

「菲爾畢耶的安爾蒂西亞啊！」

從椅子上站起身，沃嘉咆嘯似地喊道：

「妳將自傲的劍放置在地，是否已有屈服於我這個狂人，成為我妻的覺悟呢！」

幾乎刺痛肌膚的緊張感流竄在空氣之中。

靡俄迪的族長像頭野獸般笑著。

「菲爾畢耶啊，妳想把劍拿起來也無妨喔？」

這般挑釁未免過於露骨。

為了實踐上一代的盟約，為了族長出嫁而來的菲爾畢耶一行人。

還有迎娶的靡俄迪一族。當著這兩個族群的面——

沃嘉竟對她說，執起妳的劍。

「看來靡俄迪的族長——」

相對於他的狂傲，安爾蒂西亞的聲音更顯得冰冷且沉靜。

「似乎不曉得菲爾畢耶一族的別名呢。」

沃嘉的眉頭微微一動，垂下視線瞥向安爾蒂西亞。在女性之中已算是相當高䠷的安爾蒂西亞，與他相比竟還矮了一顆頭。

「我是菲爾畢耶，安魯斯巴特的雪螳螂。我會發自內心拿劍刺殺的——」

正面迎視沃嘉的目光，安爾蒂西亞接著說：

「只有我唯一打從心底深愛的男人。」

冰凍的空氣變得更加尖銳噬人。

在彷彿會持續到永久的沉默過後——

「……說得好啊，蠻族！」

這次沃嘉則是發出連空氣也為之震盪的大笑聲。

接著他走到安爾蒂西亞面前，毫不在乎地以堅硬的鞋底踩在她的劍身上，伸手抬起她美麗的下顎。

「妳那險峻嚴苛的表情的確很適合蠻族族長的稱號。那我就迎娶妳吧，我的妻子。」

那並非因為愛情憐惜而出的溫柔動作。

他攫取下顎的手指力道粗暴而強悍，幾乎在安爾蒂西亞白皙的肌膚上留下痕跡。

就彷彿……沒錯，彷彿打從心底憎恨一般。

「替菲爾畢耶一族的人們準備房間，準備舉辦宴會！」

沃嘉又以睥睨的目光看了安爾蒂西亞一眼，臉上依然掛著野獸般的笑容。

「妳就和我同睡一間房，沒有異議吧？我的妻子。」

怒不可遏，指的就是這種感覺吧。

總算是嘗到這種滋味了，露心想。

靡俄迪所舉辦的宴會相當盛大豪華。但那就像吹起狂風暴雨的外頭一般，沒有一絲溫情。是場掃興又可笑的宴會鬧劇。

不愉快的負面情感灼燒著露的五臟六腑。

拒絕那些喝醉酒的男人邀約，露獨自走在長廊上。

（那個男人……）

每當能稍微歇口氣時，腦子就會自動浮現，更讓露感到不快。

靡俄迪的族長——就算顛覆了菲爾畢耶先入為主的觀念……不，露知道自己沒辦法捨棄那些既定觀念，更知道他是個無法讓人小看的男人，所以才教人不愉快。

他根本不愛安爾蒂西亞。

沒有人稀罕他的愛情。況且安爾蒂西亞也沒這個想法，露是早就知道的。這場婚禮並不是以愛當基礎，或許這麼做也算是背離神的行為吧。

這也是一種戰爭，安爾蒂西亞曾這麼說過。

是屬於她一個人的戰爭。

露雖然只在儀式上拿過劍，但遇上這場戰役，露覺得自己或許也能盡一份心力——無論如何，她都想以一個女人的身分幫上忙。

可是，安爾蒂西亞依然不借助任何人的力量，決定單槍匹馬親赴戰場。

（寢室在某個意義上來說，不就等於實質的戰場嗎？）

對一個女人來說，還有比這更絕望悲慘的地獄嗎？

在鋪著毛皮絨毯的長廊那頭，就是沃嘉的寢室。如今，那也是安爾蒂西亞的寢室了。

狠狠瞪向那扇厚重的門扉，露注意到某個黑影，心裡不由得訝異。

在寒冷的長廊一角，以木頭雕刻出的噁心雕像旁，有個像被丟棄的垃圾般抱膝呆坐的男人，露認得那個身影。那陰鬱的身影，只要見過就無法輕易遺忘。

「……多茲加？」

他或許想一個人獨處，不過既然看見了，露就無法故意視而不見。不，或許能視而不見，但不管對象是誰都無所謂，此刻露只想有個人讓自己發洩一下心裡的怒氣。

抱膝而坐的身影動也不動。

「真是笨蛋……」看著散落在他身旁的烈酒瓶，露無力地將肩膀倚在牆上，無奈地吐出這句話。盤踞胸口的憎惡已變形成悲痛，漸漸滲染了體內的紅色血液。

露仍囁嚅著，溫柔的語氣宛如母親。

「明明是不會喝酒的人，真是個笨蛋。」

接著露也坐在他身旁抱著膝蓋，眼前是一扇寬廣的窗戶，蒼白的夜色映入視野之中。

輕嘆了口氣，露拾起倒在腳邊的酒瓶，以瓶就口喝著酒。

雖然失去生下自己的雙親與家庭，露仍在這片山野的看顧下成長茁壯。對於飲酒或多或少也有些能耐，但過去從來沒有這樣喝過。連露都忍不住為自己此刻的粗魯舉動感到詫異。

卻也因此更深刻地感受到胸臆間的炙烈疼楚，露忍不住閉上眼睛。

「……至少，今天也讓我當個笨蛋吧。」

山脈的夜晚冰冷且蒼白，而今天，似乎就連風聲都消失了。

「放輕鬆一點吧，菲爾畢耶。」

出聲的同時，沃嘉也執起擱在身旁矮桌上的酒杯。

肅穆地跟在他身後的安爾蒂西亞就佇立在寢室門邊。

「怎麼了，我不是要妳放輕鬆一點嗎？」

靡俄迪族長的這句話似乎是認真的。自己所說的話就是絕對命令，靡俄迪的男人皆是如此嗎？或只有沃嘉特別專橫……安爾蒂西亞在心裡咕噥著，但表面上仍是一貫的平靜。

「原來菲爾畢耶的女人都像蠟做的人偶呢。」

毫不隱藏自己感到索然無味，沃嘉說道：

「還是妳害怕得連聲音都發不出來嗎？身為蠻族的族長，我還以為妳有多剛強呢，原來還是有女人纖弱的一面啊。」

對於這顯而易見的挑釁，安爾蒂西亞仍是沒有答話。

「……真是無趣，到那邊坐著。」

沃嘉指示的，是放在房間中央的簡樸床鋪。安爾蒂西亞依言坐定，那迅速敏捷的動作依然透露著優雅。

「說些什麼來聽聽吧。」

啜飲一口杯中物，在靡俄迪族長的命令下，安爾蒂西亞也輕啟形狀優美的唇：

「婚禮之前，必須讓北方的崗哨完全開放。靡俄迪與菲爾畢耶之間已經不需要再進行查問，也無需再駐兵防守了。」

「政治話題嗎？」

沃嘉不屑地從鼻間發出嗤笑聲。

「把政治話題帶進寢室，樂趣何在？」

安爾蒂西亞的答案很簡單——我並沒有想從中得到任何樂趣，只是就事論事。但她並沒有把真心話說出口，仍像被蠟封住嘴般閉口不語。也許沃嘉根本不期待能得到安爾蒂西亞的回答，仍自顧自地接著說：

「菲爾畢耶乘坐的馬車還真小啊。」

「不就是越過兩座山頭，需要帶上多少兵力嗎？」

讀出安爾蒂西亞的言下之意，沃嘉笑了。那低沉的笑聲，微微震動著空氣。

「話說回來，妳的隨侍還真是不像話。靡俄迪的將士之中可沒有如此毫無霸氣的傢伙。就算菲爾畢耶的女人是巾幗英雄，男人就都那麼不堪嗎？」

安爾蒂西亞還是沒有回答。雖然神色未變，臉上也沒有顯露半點反應，心裡卻無奈地頷首同意沃嘉的說法。而沃嘉也依然沒有費心等待回答，又接著說：

「不過那個侍女——應該是妳的影子吧？」

細微到讓人幾乎無法察覺，安爾蒂西亞的目光瞬間流轉。沃嘉並沒有漏看她剎那間的情緒變化。

「妳以為我不知道嗎？上一代的菲爾畢耶也未免保護過頭了。」

嘲諷似地笑著說，沃嘉微微瞇細了眼。

「我還以為妳連婚禮都會讓替身上場呢，看來並非如此。不過那個女人還比較符合我的胃口。」

毫不隱藏話語中的揶揄意味。沃嘉似乎說上癮了，一開一闔的嘴並沒有停下來的意思。

「話說回來，菲爾畢耶調教下人的手段還真不錯。那個替身姑娘一雙眼直盯著我，像是恨不得能用目光殺了我呢。」

安爾蒂西亞的瞳眸很明顯地瞬間降了溫。那雙低垂的眼像要貫穿敵人般燃燒著青藍火燄，而沃嘉卻一副樂在其中的模樣，唇邊微微勾著笑意。放開手中的酒杯，他站起身來，掬起一縷安爾蒂西亞微捲的銀髮。

然後將唇貼向她的耳際，低沉瘖啞的輕聲囁嚅道：

「不過呢，要讓人折服於我的話，還是選傲氣點的女人比較有意思。」

一股衝擊猛地襲來。安爾蒂西亞的銀色長髮無聲地在白色床單上散開。背部並沒有感覺到疼痛，她也沒有閉上眼。

就這麼任沃嘉將自己的雙手困在床板上，任他掠奪自己的唇。

——索然無味。

這是安爾蒂西亞心中唯一的想法。

「怎麼不抵抗呢？」

昏暗的燈光底下，沃嘉扯著笑容，折磨似地囓咬安爾蒂西亞的頸項。

「怎麼了？雪螳螂只是虛有其名嗎？」

彷彿想將之撕裂似地扯開衣服，她的肩頭裸露出來，沃嘉的唇沿著肌膚紋理一路嚙咬著。感覺到那股存在的重量，安爾蒂西亞終於閉上雙眼。

就像赤紅的花凋零散落的痕跡。

不知為何，心裡竟沒有一絲恐懼，也沒有熱度。

當對方在閉闔的眼皮上烙下吻時，那一瞬間，所有動作都停止了。

「——這就是妳的吻嗎，菲爾畢耶？」

沃嘉的聲音中滲染著笑意，嘶啞地掠過耳膜。

在昏黃的煤油燈映照下，安爾蒂西亞的隨身匕首抵在沃嘉頸邊，在薄軟的肌膚上劃出一道血痕。

豔紅的血液沿著刀身，濡溼了安爾蒂西亞的手指。

安爾蒂西亞臉上仍是相同的冷然表情，回應道：

「不，我只是配合靡俄迪的作風罷了。」

回答才說出口，沃嘉銳利的刀刃同樣也抵住了她的要害。

隱藏在晦暗熱情中的殺意，並沒有逃過安爾蒂西亞的感官神經。

「初夜帶著這種東西，實在太野蠻了。」

任顯而易見的殺氣在彼此間流轉，安爾蒂西亞冷冷說著，沃嘉卻笑了。

「真是可惜。」

簡短幾個字中，包含了近似愛憐的情緒。

「菲爾畢耶的安爾蒂西亞，妳是個比我想像中更讓人生氣，更有趣的女人。」

再一次，從他口中逸出她的名字。

「不過，我還是得讓妳死在這裡，蠻族菲爾畢耶。」

沃嘉宣誓般冷冷地開口：

「新的戰爭就要開打了，把妳的首級留在靡俄迪吧。」

喝光了多茲加的酒後，露回到自己房裡拿些東西，沒多久便勾著酒瓶和杯子回到長廊上。以白樺木製成的大酒杯是這座山脈傳統的工藝品，盛了酒就會散發出獨特的木香，更能增添杯中物的濃郁香氣。

多茲加還是蜷縮著身子抱膝蹲坐在寒冷的長廊一角，那模樣就像個畏懼冰寒天氣的無助孩子。仍然沒有任何打理的灰髮蓋住了他的表情，但這並非他抑鬱寡歡的理由，只是又有多少人能明白其中原因？

除了自己之外……

（還有，陛下一定也——）

緩緩吐出一口氣，因酒精醺染而有些發燙的腦子不由自主想起了昔日往事。

那是露第一次見到多茲加時的事，教人難以忘懷的，打自心底竄出的某種戰慄情緒。

一聽到剛被擢升為近衛隊長的是個年輕男人，露心裡立即升起各式各樣的期待。他是個怎麼樣的男人？長得好看嗎？是否能力出眾？從今以後，他將會守護安爾蒂西亞，同時也會保護自己。滿懷期待地經人介紹後，露不只失望，簡直可說是絕望了。

這樣的說法並不誇張。就連他到底是不是個男人，露也無法斷定。

他身上沒有絲毫身為戰士應有的霸氣，光是站在安爾蒂西亞身邊、呼吸著與她相同的空氣都可說是種冒瀆。

為了當上近衛兵，他打敗了好幾名菲爾畢耶的英勇戰士，最後當他終於能站在族長面前時，安爾蒂西亞理所當然地將手中的劍指向他。

比任何一個菲爾畢耶人民都更有菲爾畢耶的嗜戰精神，這就是安爾蒂西亞。

但是，原本該接下那把劍的多茲加卻跪在安爾蒂西亞跟前，將額頭深深磕到地板上。

『……你不接下這把劍嗎？』

當時的狀況，就連安爾蒂西亞也生氣了吧。露還記得當時她詢問的口吻有多麼沉靜。

多茲加卻用他模糊到難以辨別的聲音回道：

『我無法拿劍對著您……無論何時，不管發生什麼事，您的劍都將是我的血肉，我將以自身的血與骨，全部承受……』

露當時站在安爾蒂西亞身後，所以並沒看見她臉上的表情。

她什麼話都沒說。

只是收回劍，頭也不回地從跪在地上的多茲加身旁走過，留下淡淡一句：

『這把劍若是因菲爾畢耶的血而鏽蝕實在太可惜了，你可得好好珍惜。』

像是祈禱，也像是奉獻，他仍深深將額頭貼緊地面，自始至終都沒有抬起來過。

他也許哭了吧，這就是露唯一的感想。

從那天開始，他就站在安爾蒂西亞身後，同時也在露的身側。

只有在安爾蒂西亞遭遇危險時，他才會拔劍揮舞。他也不參加部族裡的任何競賽比試，實在無從得知他的實力究竟到什麼程度，而他最擅長的就是消弭自己的氣息。

他鮮少發出聲音，更何況是與人交談了。

多數人都把他當成空氣看待，當然露也是一樣。直到相處一陣子後，他才對露說了第一句話。

當時安爾蒂西亞不在，宅邸裡只有露和多茲加兩個人。

站在背後的多茲加發出嘶啞、呻吟似的聲音開口詢問：

『為什麼……』

那低沉粗重的聲音刺痛了耳膜。露輕蔑地瞥了他一眼，多茲加似乎被她的冷漠嚇了一跳，有些卻步地接著把問題問完：

『……為什麼妳要稱安爾蒂西亞大人為「陛下」……？』

露挑高了一邊眉毛，並沒有回答他的問題。

露自覺沒有回答他的必要，而且露也從沒對其他人提起過真正的原因。

會這麼稱呼安爾蒂西亞當然有理由，不過這是只屬於露的理由，並不需要與他人共享。

所以究竟是為什麼？為什麼當時會對他說出只屬於自己的那個理由，直至今日露依然不明白。

或許是覺得就算說了，他也無法理解吧。
又或者——
『因為她是我唯一的主人。』
雙眼直視著前方，露不帶一絲笑意說出心裡的答案。
『跟她是不是統領一族的族長沒有關係，我並不只把她當作族長，而是只屬於我一個人的女王陛下。』
這句話不是對多茲加說的，而是只存在於露心中的響動。
當她看向多茲加時，卻發現多茲加臉上沒有半點懼色，也沒有獻媚似的假笑，只是悠悠吐出一口氣頷首道：
『真美好。』
這句低喃，深深地直擊露的內心。
他懂得。
這個男人，不管身為一個人類、或是身為一個男人，實在有太多數也數不清的缺陷。
可是，他對安爾蒂西亞的忠誠卻是毋庸置疑。
比過去所見的每一個菲爾畢耶戰士都更純粹、更強悍……沒錯，他與露是如此相似。

從那一天開始，他與她成了站在同一陣線上的同志。

手裡搖晃著酒瓶，回憶一幕幕躍上腦海，露不由得憮然喟嘆：

「……既然知道會這麼難過，就不該跟著一起來嘛。」

身旁的多茲加像件裝飾品般動也不動地低垂頸項，連呼吸也細不可聞。

露的心情因為酒精而越變越糟，她也知道自己是將怒氣發洩在多茲加身上，然而她無法停止自己的話語。

「再不然，你也可以把心意告訴陛下，把她強行擄走再逃跑。最後乾脆讓陛下把你給大卸八塊好了……」

酒液淌在唇上，不管說得再多，這都是沒辦法成真的妄想。

看起來像在責備多茲加的不濟事，但事實上，這些全是露無法坦白的自責。

就算被責備，多茲加還是一語不發，露只好再拿起酒瓶灌進一口。

「露大人也是……」

教人不敢置信，他居然回嘴反抗了。

露一回過頭，就看到多茲加雙手環膝，將自己的臉埋在雙腿之間，就像準備耐過寒冬的野獸般縮成一團，嘴裡喃喃有詞嘟囔著：

「現在……不曉得有多少男人……正在為妳哭泣呢……」

「哎呀……」

露伸指抵著自己的臉頰，刻意眨了眨眼。

臉上綻出淡淡笑意。

「真是這樣的話，我會很高興的。」

這句話說得並不輕佻，也不是自傲或逞強。所以多茲加才會難得發出短促且飽含無奈的嘆息。

這聲嘆息，或許是他代替那些醉心於露的男人們所發出的吧。

美麗而又夢幻的微笑，露的這張表情曾讓多少男人迷戀上她而無法自拔。

周旋於眾多男人之間似乎是露的天性，說她悖德未免太小題大作。不管是剛強的戰士、勤勉的學者、手藝純熟的廚師……每個愛上她的男人，都不只因為露擁有美麗的外表這般庸俗膚淺的理由。

不管何時何地，都是露先主動傾心於對方。

她總享受著愛上異性的滋味，向對方投以微笑，有時也會送出自己編織的手帕。可是，她和被稱為「雪螳螂」的菲爾畢耶女子有個決定性的不同之處。

每當男人也開始對她產生思慕，準備張手迎接屬於兩人的幸福到來時——就像隨波逐流被沖回岸上般，露總會靜靜地從愛情的漩渦中抽身。

有人說這樣的露真是個惡女，不過對露淺薄的道德觀而言，她迷戀上的從沒有「已經有對象的男人」，再說她的情意向來只私下傳達給她所思慕的男人知道，所以表面上仍是平靜無波，至少沒有人當面指責露的不是。

私下的言行舉止招人非議的露其實是個對任何事都拿捏得宜的女子，當然她也從沒有為自己的主子，也就是安爾蒂西亞帶來任何麻煩，況且安爾蒂西亞也默許她對於情愛的輕率態度。

會打從心底認為露是個惡女的，世界上大概只有一個人，就是露自己。

「只要能被他們記得，我就覺得很幸福了。」

她彷彿在做夢般地說出這句話。

「——不過，從來沒有人敢狠狠地掠奪我啊。」

明明從沒這麼希望過，但露就是這麼說了。

「……露大人？」

多茲加抬起頭，語氣中透露著不解。

「開玩笑的啦。」

露笑著回應他的錯愕，就在這個時候——

喀嚓……鈍重的響聲震動了露與多茲加所坐的地面，同時躍入耳中。

露還以為自己聽錯了，再豎耳仔細聽，果然又聽到重物翻倒與什麼東西碎裂的聲音——

每個聲音都很模糊微弱，但確實傳入耳裡了。

這個時候，身旁的多茲加已經像彈簧似地從地上一躍起身。看著他跌跌撞撞奔向那扇門，露急忙大喊：

「多茲加！」

不行啊，不能進到那扇門裡——露想這麼告誡他。

但此刻自己的聲音一定已經傳不進他的耳裡了吧。露也連忙丟下手中的酒杯，緊追在多茲加身後，踉蹌的腳步與動作迅捷得令人驚訝的多茲加瞬間拉開距離。

前方的多茲加把耳朵貼在厚重的門扉上，用粗暴到近乎想破壞整扇門的蠻力用力往大門拍打了好幾下。

「多茲加，你想做什麼！」

你瘋了嗎？露想伸手扳過他的肩膀，可是在手指觸碰到他之前，多茲加已經鑽進沒有上鎖的那扇房門裡。

沒錯，他就這麼進到靡俄迪族長的寢室裡。

在幽暗的燈光籠罩下，安爾蒂西亞和沃嘉應該都在裡頭才對。居然在大喜之夜做出這麼無禮的舉動，多茲加絕不可能平安無事。在那之前，這場婚禮說不定也會被他冒然的舉動給毀了。

如果沒發生這種事，菲爾畢耶與靡俄迪兩個部族就能統合了，而安爾蒂西亞也就——露絕望地倚在門邊，正準備踏進室內時，觸目所及的景象令她不由得倒抽了一口氣。身體的末梢神經好似被凍結般，露一動也不能動地僵在原地。

雪。

這是她第一個念頭。

散落整間寢室的純白物體，宛若飛舞在半空中的白雪。但那不過是幻覺，不是白雪，而是更柔和、更大塊且輕巧的鳥類羽毛。

那是被撕裂的寢具。

還有翻倒在地的桌子、碎裂的裝飾玻璃杯。

多茲加手裡的銀色刀刃在迷濛的亮光中閃耀著。他所持的武器在菲爾畢耶之中算是十分少見的短刀，除了戰場之外，他總是藏起來的手指長度並不正常。在他還在發育期時，冰寒的氣候殘酷地奪走他的手指神經。那把短刃已與他異常的手指融為一體了。

多茲加的刀正抵著靡俄迪的族長。可是在注意到這一幕之前，露早已被倒在腳邊的美麗身影奪去全部的注意力。

那是她的主人，菲爾畢耶的安爾蒂西亞。

四散的鮮紅色，以及想增添色彩似地散落一地的一縷銀髮。

「……！」

深吸一口氣，吐出，就在她忍不住要洩出尖叫時——

「露。」

沉靜的呼喚傳進露的耳中。

「露。鎮定一點，先把門關上。」

緩緩從地上爬起來，安爾蒂西亞沉聲說著。她的頸間有一道傷痕，還好血似乎已經止住了。

散落在臉頰上的一撮髮絲明顯參差不齊，看起來狼狽極了。

沒有拉整凌亂破碎的睡衣，安爾蒂西亞抬起眼望向頭頂上以刀劍互相對峙的兩個男人。

「多茲加。」

安爾蒂西亞口中呼喚的不是自己的未婚夫，而是貼身護衛的名字。

多茲加用力咬緊牙關，握劍的手腕也更加使力。

緊繃的肩頭一動也不動，恐怕連呼吸都被他遺忘了吧。沃嘉同樣也以短劍擋住迎面襲來的攻擊，窺伺著對手的下一步動作。

兩個人都沒有收回武器的意思，安爾蒂西亞無奈地逸出一聲嘆息。

「多茲加，你沒聽到我的聲音嗎？」

再一次，安爾蒂西亞出聲喚道。

「把劍放下，站到我的身後來。你打算讓我躺在這裡到什麼時候？」

聽到這句話，多茲加懊惱地咬了咬牙，揮開沃嘉抵擋的劍身。

粗暴的動作讓沃嘉扭曲唇角扯出笑意，俯視著多茲加扶起安爾蒂西亞的模樣。

「妳把那隻狗調教得還不錯嘛。」

直到這一刻，露才發覺自己一口氣始終憋在喉間，都忘了該呼吸。輕輕吐息的同時，也迅速悄然地反手闔上房門，站定在安爾蒂西亞身後。

當露的身影也出現在沃嘉視線裡後，他扭曲的笑容中又多了幾分嘲笑的意味。

露一點也不覺得害怕。

她的注意力只放在安爾蒂西亞白皙肌膚上的淺淺傷痕。

（真想殺了他！）

如果惡魔之眼真的存在，光靠憎惡的視線就能咒殺對方該有多好……露心想著。

當露脫下自己的外衣覆在安爾蒂西亞身上時，安爾蒂西亞一語不發地接受了。低著頭的多茲加無聲無息地站在安爾蒂西亞身後，那雙用力握緊仍不停細細顫抖的拳頭還是透露出他心裡有多麼憤慨激動。

露並不打算就這麼退出寢室外。

「靡俄迪族長，請你解釋清楚！」

露從喉間擠出因憤怒而顫抖的語句。

沃嘉是安爾蒂西亞的未婚夫。這是由已經死去的雙方父親所決定的，安爾蒂西亞也接受了這樣的安排，所以露無權反對。

可是，沃嘉卻對安爾蒂西亞動粗！

露告訴自己，決不聽信他推託的藉口。

面對眼前的三人，靡俄迪族長依舊從容不迫，「沒想到初夜居然被攪局了啊。」還刻意重重嘆了一口氣。

鐵青著一張臉的露氣得連表情都扭曲了。

「你這個——」

「露，退下！」

安爾蒂西亞適時出聲，遮斷了露克制不住就要吐出口的叫罵。

「陛下，可是……」

安爾蒂西亞垂下色澤淡雅的長長睫毛，從露身旁向前跨出一步。

「沒有關係。」

她的語氣沉靜自若，露這才發覺自己已經太逾矩了。

從安爾蒂西亞的側臉看不出半點怒氣，她走向前的姿態平穩得甚至稱得上毫無防備。

從床上踩下的雙足赤裸。

腳踝是令人無法置信的蒼白。

「如果是玩鬧過了頭，我願意向你道歉，我也是一到興頭上，不小心就失去分寸了。」

露明白安爾蒂西亞這麼說是為了息事寧人，但仍壓抑不了心裡的苦澀焦躁。居然讓女人那樣流血，才不是什麼玩鬧。

多茲加用了多大的力氣才緊緊握住拳頭，透過空氣的震動傳達過來。

可是，沃嘉卻嗤之以鼻地語帶嘲諷給了答覆。

「不是吧？我打一開始就想把妳壓在身下，將妳給殺了。」

他用輕鬆愜意的口吻丟出這句話。

「現在也是一樣。菲爾畢耶的族長，妳是想親自上陣來跟我搏鬥呢，還是……」

沃嘉抬起下顎指了指多茲加的方向。

「要妳那隻像狗一樣忠心護主的貼身侍衛先來跟我打一場呢？」

「如果只是要比武藝互相磨練，我無所謂。」

面對自始至終都相當冷靜自若的安爾蒂西亞，沃嘉終於露出不同於嘲笑以外的表情。

「還以為妳是想偽裝成和平主義者，但蠻族的血性倒好像依然健在。真不知道妳是女中豪傑、或單純只是個傻子。」

有些懊惱又混雜了些許無奈，沃嘉大腳一勾，將倒在身旁的椅子立了起來，動作粗蠻地坐上椅子後，還不悅地加了這一句：「害我都沒興致了。」

「雪螳螂的女族長啊，如果妳不想認真，就快點逃回菲爾畢耶吧。如果留在這裡，我原本打算將妳的頭顱曝曬在冰雪之中，當作點燃開戰的狼煙，但見識到妳過人的氣魄後，我決定放妳一馬。割斷妳的頭髮，在妳身上留下幾道傷痕，對我這個靡俄迪的族長來說已經足夠了。我等著妳回去率領菲爾畢耶一族再上門來正面宣戰。」

「你的意思是，我們的婚禮已經破局了？」

「妳還想繼續這種愚蠢的話題嗎？」

這次沃嘉連笑都懶得笑了。

「開戰了。如果妳沒有和靡俄迪族對戰的意思——」

沃嘉嘴裡逸出低啞的輕喃，那雙眼瞳深不見底。

「那便是侵略和蹂躪，這座山脈將再度被菲爾畢耶的野蠻鮮血染紅。」

對安爾蒂西亞來說，血比化妝用的白粉散發出更自然融合的深沉香氣。

與沃嘉第一眼對上時就感覺到了。他身上散發出的明顯殺氣就像某種誘惑，安爾蒂西亞的身體也基於條件反射伺機而動。

會將隨身匕首帶進寢室並不是因為早料到會有這樣的發展，那不過是基於一種習慣。但命令多茲加在寢室外待命，則是因為心裡或多或少有些預感的關係。

在寢室附近等著，做好隨時都能夠闖進來的準備——用不著把話說盡，多茲加已經答應安爾蒂西亞的要求。

對著比平時更沉默寡言的多茲加，安爾蒂西亞這麼說：『用什麼方式都無所謂，只要多注意一下房裡的動靜就行了。』她是刻意不去顧慮多茲加的心情的。

她的擔憂果然成真了，沃嘉拿刀對著自己。安爾蒂西亞認為，這並不是突然萌生出來的殺意。

打一開始就如預告般釋出的強烈殺意，應該比交涉或刀劍相向更早之前就出現了。

就算沃嘉一點也不愛安爾蒂西亞，縱使他心中再怎麼憎恨厭惡，這場婚禮還是得如期舉辦才行。

安爾蒂西亞不能被他所殺，當然也不能一刀斃了他。

因為這場戰爭，就是以這種形式在進行的。

「靡俄迪的沃嘉啊。」

安爾蒂西亞以絕非激昂的聲調沉靜開口道。

「這場婚禮並非出自我的意願，當然也不是你的意思。」

安爾蒂西亞只是在確認，確認早就擺在眼前的事實。

「但是，你我都無法取消這場協定。這是我父親和你父親以血盟約所定下的婚約。你難道想讓尊貴的上一代臉上無光嗎？」

安爾蒂西亞並沒有向他動之以情的打算。

她不過是在質問沃嘉心中的驕傲。

「終結這場戰爭——對靡俄迪而言，應該也是上一任族長最大的心願吧？」

「沒有錯。」

沃嘉頷首同意安爾蒂西亞的說法。

「這場婚禮的確是上一代最大的心願。」

然而他話裡的語氣，不過是在緬懷過往。

「可是時代在變，還活著的人也會隨著時光流轉而改變。無論是我或妳，都與上一代無關。」

「現在不是在談論你或我有何想法。」

安爾蒂西亞打斷了沃嘉的說法，語氣依然沉著。

「你想讓祖先丟臉嗎？」

「——讓祖先丟臉？」

沃嘉克制不住似地笑了出來。

「真沒想到會從菲爾畢耶口中聽到這種話呢。」

乾涸的笑聲與侮蔑的視線。接著從他口中吐出的言語，卻飽含冷然的怒意。

「由一個汙蔑了靡俄迪驕傲的蠻族口中。」

意料之外的責難，教安爾蒂西亞不由得蹙眉。菲爾畢耶與靡俄迪的對峙僵局確實並非一朝一夕，但沃嘉語氣中的苛責並不是針對歷史上的爭戰。

「這是什麼意思？」

安爾蒂西亞當面對眼前的男人問出心裡的疑惑。沃嘉墨黑的眼兒狠一瞪，幾乎要貫穿安爾蒂西亞。

「妳還想裝作什麼都不知道嗎？」

無所謂，沃嘉冷冷地頷首。

接著他站起身，往房裡深處那加裝了厚重布簾的架子走去，伸手拉開布廉。

（……？）

不可思議的濃郁香氣立即飄散在空氣中。

安爾蒂西亞下意識地瞇細雙眼。幽暗之中，略可瞥見另一頭是裝飾在偌大祭壇上的——

（一尊人偶？）

沃嘉取過一旁的燭火，周圍總算明亮了些。

「讓我為你們介紹一下。」

語氣是戲謔的，音色卻晦暗且低沉。

「這位是我的母親。」

站在安爾蒂西亞身後的露不由得倒抽一口氣，那是她拚命嚥下到嘴邊的悲鳴所發出的抽氣聲。那一瞬間，就連多茲加的氣息也完全消弭了。

沃嘉掀開簾子呈現在眾人眼前的，是曾是他母親的東西。被供奉在祭壇上，纖弱嬌小的身軀穿著華奢美麗的女子服飾，但那顆頭卻是——

——絲毫看不出半點美麗的影子，那只是一張死人枯竭衰敗的臉。

「這是靡俄迪的現人神。」

粗魯嘶啞的聲音，從他的喉間逸出。

正如同靡俄迪總用蠻族菲爾畢耶來稱呼自己的敵人，菲爾畢耶同樣也蔑視靡俄迪。稱他們為「信仰邪教的靡俄迪」。

實行諸多咒術與祈禱的靡俄迪有著屬於他們的特殊信仰，他們深信人在死後將會變得更強大。

親近的人、所愛的人、尊敬的人們因死亡倒下時，為了讓神依附在其肉體上，靡俄迪一族會以某種世代流傳下來的特殊技術保存屍體。

比存活在世的時間更加恆久，那便是體內寄宿著神明的木乃伊。

供奉在祭壇上，他們將死後成了木乃伊的死屍稱為「永生」。

過去，他們會將在血戰中英勇戰死沙場的戰友首級砍下，帶回故里。

照理說，完整的屍身才能成為依附的神體，可是無法做到這一點時，就算只有頭顱也能留下死者曾經存活過的證明。

菲爾畢耶的戰士們口耳相傳著，靡俄迪親手割下同伴屍首的身影就跟死神沒兩樣。

安爾蒂西亞並沒有輕蔑靡俄迪傳統的先入觀念，因為她必須虛心接受且理解他們的想法才行。就算無法接受，也必須理解。就算無法理解，也必須認同這種事。

若不這麼做，兩個文化各異的族群又要如何齊心邁向未來呢？

生平第一次親眼見到靡俄迪的「永生」，安爾蒂西亞感受到的是一股異樣的存在感。那樣的姿態無法稱作美麗。

卻也無法單純地只把它當作死後的空殼。

就算是基於靡俄迪的信仰才把死後的屍體裝飾成這樣，但安爾蒂西亞認為，這確實也是一種貼近神的形式。

「等我死後，大概也會變成這樣吧。」

沃嘉淡淡地說。對信仰永生的靡俄迪而言，死亡並非消失。死亡是另一種開始，死去的故人將成為神，在不同領域守護著後代的子子孫孫。

「靡俄迪族長的永生是絕對的。每一代族長的身體都將成為靡俄迪的守護神，永遠被祭祀供奉著。」

不過，上一代的族長卻沒辦法得到永生的供奉，說出這句話時，沃嘉的語氣依然冷淡平靜。

「蓋亞的永生被玷汙了。」

這話是什麼意思？安爾蒂西亞以堅定的視線催促沃嘉繼續說下去。

蓋亞是靡俄迪上一代族長的名字——同時，也是沃嘉父親的名字——過去他曾與安爾蒂西亞的父親兵戎相見。

沃嘉用不帶半點情感的聲音，靜靜地陳訴事實：

「十天前，蓋亞的祭壇遭賊人入侵。」

當沃嘉說出這句話時，耳邊傳來不知是誰吞嚥唾液的聲音。

「那個盜賊偷走了前代族長的首級。」

沃嘉笑道。

看不出那是憤怒，抑或是汙蔑的笑意。

「蠻族菲爾畢耶啊，你們懂這是什麼意思嗎？我還有整個靡俄迪族，都無法容許這種殘虐的暴行發生在我們身上！」

安爾蒂西亞努力維持冷靜，深呼吸然後吐氣。

「你的意思是說，那個賊人是菲爾畢耶派來的？」

保持如雪夜般的靜謐，安爾蒂西亞沉聲詢問。

「難道還會有其他人嗎？」

「這是欲加之罪！」

露忍不住出聲。

安爾蒂西亞那不懂懼怕為何物的影子，毫不退怯地反咬了沃嘉一口。

「你這麼說，是有什麼證據嗎？」

「證據？需要那種東西嗎？替身姑娘。」

沃嘉臉上掛著野獸般的笑容，不屑地回道。

「現在這種時候，還會想汙蔑靡俄迪永生的傢伙，除了菲爾畢耶之外還會有誰！根本不需要證據，若被靡俄迪的族民知道蓋亞的永生遭到冒瀆，他們決不會放過菲爾畢耶，正因為這場婚姻是蓋亞畢生的心願！」

安爾蒂西亞悄悄垂下雙眸。

沒錯，根本不需要證據，安爾蒂西亞也是這麼認為的。事情好巧不巧就發生在這個時間點上，這不正是最有利的證據嗎？當兩個族群即將放下彼此之間多年來的爭執與仇恨，準備互相接近的這個時期。

不管是經由哪個人的手做出對永生的褻瀆，都足以激盪出靡俄迪民眾狂猛的憤怒情緒。

「蓋亞的怒火是這麼告訴他的子民們的——殲滅菲爾畢耶吧！」

靡俄迪與菲爾畢耶的確正一步步靠近當中，不過彼此手上都還握著尖銳的刀劍。就像漲潮般一點一點慢慢靠近彼此，到了終於該握手言和的階段，那把兇惡的刀劍將會被擱置在地上。

但如果在這個時期，引發了靡俄迪部族的不滿與怒火，交握的就不會是彼此的手。交疊的會是刀刃與刀刃，鮮豔的血液將會染紅敵我的身軀。

這座山脈的白雪，將會再度被鮮血染紅吧。

戰爭會反覆上演，可是四散濺灑的鮮血與生命都無法再次重來。

對菲爾畢耶的子民而言，並沒有在死亡彼端等待的「永遠」。

真是太愚蠢了，這樣的念頭在安爾蒂西亞的腦袋裡盤旋，不過她並沒有說出口。為了這種事而開戰實在太愚蠢了。

好不容易兩族族長已經面對面走到刀劍可及的距離，難道要捨棄好不容易得來的成果，回頭叫自己的子民重拾武器、上戰場犧牲生命嗎？

就趁現在、在這裡做個了斷吧。

（不對！）

安爾蒂西亞倏地掙開纏縛著自己的荒唐念頭。真正該做的並不是這種事。安爾蒂西亞很清楚這並不是自己該淌的渾水、也不是該由自己負起的責任，但就是沒辦法好好整理出一個頭緒。

「妳還在猶豫什麼？」

似乎看穿了安爾蒂西亞的迷惘，沃嘉語氣平然地問。臉上掛著淡淡笑意又說：

「就連進到寢室也刀不離身的雪螳螂啊，將要再度引發戰爭，妳的心裡難道沒有為之沸騰嗎？蠻族菲爾畢耶！」

沃嘉問，妳難道沒有熱血沸騰嗎？

安爾蒂西亞垂下眼瞼，胸臆深處有種悶悶的疼楚。

這種疼楚，無可否認……不正是因興奮而竄起的昂揚情緒嗎？

戰吧戰吧，心底深處似乎正愉快地哼唱著。

——這等灼熱便是生命。

比安眠曲更滲透靈魂心性的，是屬於菲爾畢耶一族的戰歌。但是，就像要揮除那悠揚的戰曲般，腦海中突然掠過一聲微弱的、沉靜的疑問。

（春天，很美嗎？）

無關父親也無關菲爾畢耶一族，那是安爾蒂西亞自己破碎嘶啞的聲音。

美麗的長睫毛微微顫動了一下，安爾蒂西亞睜開雙眼。

「我確實沒有將劍捨棄，關於這一點，我承認自己的確如你所說是個蠻族。」身為好戰一族的子民，當然無法捨棄這樣的生存方式。

「可是，因為胡鬧而造成兩族血流成河、屍橫遍野的時代已經結束了。我們身為這座山脈的子民，必須攜手共存下去才行。為了抵擋不知何時會到來的變化，我們必須守護這塊土地，必須守護所有人民的驕傲，所以才不得不中止彼此之間血債血償這種毫無意義的爭戰。就是為了這個原因，我們才要舉辦婚禮；就是因為這個原因，我才動身前來，成為你的妻子。」

安爾蒂西亞的聲音清朗，卻散發出無可忽視的威嚴。

她的父親曾經說過，不管做什麼事，都必須掌控大局。總有一天，被我們稱為外界的山下諸國，一定會為了奪取這座山脈而露出嗜血的獠牙。就算沒有發生這種事，也必須守護我們的驕傲，我們必須和平共存，因戰爭而衰敗的弱小部族是絕對無法獨當一面的。

「妳這種犧牲小我的美德讓我都快哭了呢。」但沃嘉卻只是聳了聳肩，狀似不屑地回了這麼一句。

「如果我說，我們根本沒必要攜手共存呢？」

「你父親可不是這麼說的。」

安爾蒂西亞的父親相當聰穎，靡俄迪的族長也同樣有先見之明。他們早就思慮過總有一天將得面對未來情勢，所以才會安排兩族之間的這場婚禮。

「偷走他首級的不就是——」

「如果把首級物歸原位呢？」

安爾蒂西亞出聲截斷沃嘉未竟的話。

「我們的婚禮能繼續進行嗎？」

安爾蒂西亞知道身後的兩人正錯愕地看著自己。

沃嘉的臉孔因揚起晦暗的笑意而扭曲變形。

「這是在跟我求饒嗎？還是想用靡俄迪族長的人頭來威脅我呢？」

這句話充滿了責難的意味。

但安爾蒂西亞並沒有移開直視他的目光。

「我是菲爾畢耶的安爾蒂西亞。我願以自身榮耀的血緣起誓，我絕不會對你說謊。」

被盜賊偷走的前任族長首級，我一定會把它帶回來的，安爾蒂西亞宣誓道。

「我現在還沒有半點頭緒，不過我答應你，一定會將前任族長的首級帶回來。這並不是賣人情，而是作為你的妻子，我將取回蓋亞的首級，好讓真相大白。」

安爾蒂西亞沉穩地附加一句：

「對我而言，蓋亞也將是我的父親。」

話已至此，只見沃嘉露出一臉錯愕，像是完全無法理解安爾蒂西亞所說的話。全身上下總盈滿凶猛氣息的沃嘉，第一次顯露出屬於他的真實表情。

「……妳是認真的嗎？」

「我不會對你說謊。」

安爾蒂西亞重覆著她的誓言，沃嘉卻不快地咂了一下舌。

「如果妳抓到的是菲爾畢耶的人民又將如何？妳打算怎麼負起這個責任？」

「我會親手裁決那個盜賊。」

絕不會有半點包庇。如果真的是盜賊入侵，那也許是菲爾畢耶的人民、也可能是靡俄迪的人民，亦或是其他的外來者，無論如何結果都是一樣的。

「妳以為這樣就會讓我滿意？別開玩笑了！」沃嘉並不善罷甘休，但安爾蒂西亞只是默默垂下眼。

「菲爾畢耶的人民是我的子民，同樣也是你的子民。」

沉默流竄在彼此之間。安爾蒂西亞毫無退縮之意。漫長的沉默過後，先發出嘆息聲的仍是沃嘉。

「如果妳覺得這麼做能讓我認同，那就試試看吧。」

從他口中吐出的話語夾雜著濃濃的無奈喟嘆，菲爾畢耶的女人實在太脫離常軌了，這句話怎麼聽都不像讚美。

「蓋亞現在在哪裡？」

供奉在沃嘉房裡的應該只有他母親而已，安爾蒂西亞的問題讓沃嘉別開了視線。

「跟我來吧。」

沒有等安爾蒂西亞回答，沃嘉已經轉過身，走出羽毛散落一地的凌亂房間。

安爾蒂西亞沒有一絲遲疑地跟在他身後，露和多茲加當然也肅穆地跟隨在後。

夜已深，原本吵鬧的宴會也趨於平靜。

只剩下火種燃燒的聲音，四人正朝這座宅邸的地下室走去。

地下室的地板和牆壁都是由凍土和石磚鋪設而成，這裡同樣也散發出一股獨特的香氣。比起外頭的空氣更沁寒冰涼，幾乎刺痛喉頭。

眼前是一道上了好幾層鎖的門扉。

沃嘉從胸口取出一把小小的鑰匙，將鑰匙插進厚重的鎖頭裡發出嘰嘎一聲，終於打開這扇金屬製成的大門。

「請進吧，菲爾畢耶的子民，這裡就是靡俄迪的神之間。」

橙黃的燈光照亮周圍。

不知是誰從喉間發出的咕嚕聲，在地下室產生偌大迴響。

眼前有好幾尊鑲嵌在牆壁裡的人像。各自穿戴著豪奢的衣裳和金燦燦的頭冠，只有頭顱沒有被一併嵌入壁面。

空洞的眼窩、曝露在空氣中的牙齒是腐朽的顏色。雖然每張輪廓各不相同，但安爾蒂西亞並沒有一個個拿來比對的興趣。

「能被供奉在這裡的，只有靡俄迪代代的族長。總有一天，我也會被帶來這裡。」

還是妳也想留在這裡呢？沃嘉扯著嘴角扭曲地笑著問。安爾蒂西亞並沒有回答他的問題，雙眼只直視著神之間的最深處。

「這個是……」

「啊啊，沒錯。」

密室最深處，有一尊比其他人像更豪華、披在身上的外衣也是所有並列的裝扮中最新最乾淨的人像。

「這就是上一任的靡俄迪族長……蓋亞。」

頭部已被取走的人像不管怎麼看都只是個套著衣服的填塞物。只有不失光輝的頭冠還依戀地擱在失去頭顱支撐的脖頸上。

最吸引人目光的，是變成木乃伊的他捧在胸前早已乾枯的皮與骨。

從有五根細長骨頭的形狀看來，那應該是人類的手臂沒錯。

「……這隻手臂是……」

安爾蒂西亞還沒問完，沃嘉已經勾起唇角露出笑意。

「這是戰利品啊，原本應該是要捧著妳父親的頭顱才對。」

從他口中吐出的這句話充滿挑釁意味。

看著那隻纖細的手臂，安爾蒂西亞心中已經有了答案。

戰利品。靡俄迪族長．蓋亞生前在戰場上所獲得的最佳寶藏，那是就算在菲爾畢耶的勇者之中，也足以指揮人們衝鋒陷陣，戰士中的戰士。

上一代菲爾畢耶族長的親妹妹，安爾蒂西亞的姑姑——如今日夜纏綿病榻，但過去曾是驍勇善戰的最強戰士——蘿吉亞的手臂。

就算少了一隻手臂，她仍是安爾蒂西亞的劍術師傅，看著用刀劃破血肉奪走她一隻手臂的對象，安爾蒂西亞心中有種難以言喻的苦澀。但在此同時，發現蓋亞死後依然將她的手臂當作戰利品捧在胸前炫耀，也足以證明蘿吉亞姑姑過去是多麼了不起的戰士。

蘿吉亞曾以大使的身分多次造訪這座宅邸，應該也曾和沃嘉見過面吧。不過沃嘉並沒有提及這件事，只是接著說：

「如果不是特別的祭典，就算是靡俄迪的子民也沒辦法擅自出入這間密室。但若要和妳結婚，已經永生的前幾代族長勢必得列席觀禮才行。這裡的鑰匙一直放在我身上，鎖頭也沒有遭人破壞的痕跡。」

就算如此，也不能確定就是菲爾畢耶的人民偷走了蓋亞的頭顱；但就沃嘉而言，儘管沒有真憑實據，他也早就這麼認定了。

「盜賊是什麼時候入侵的？」

「大概是這一到兩個月之間。」

一、兩個月的時間可不算短。

「你沒有搜查過嗎？」

「妳認為我沒有嗎？」

沃嘉的聲音透露著危險的氣息，不過口氣並沒有施加壓力。一聲嘆息逸出口，他無奈地聳了聳肩頭。

「我曾讓信得過的人著手調查這件事，但還是找不出半點線索。在靡俄迪之中，也只有少數幾個咒術師懂得讓永生續存的技術。說不定蓋亞的頭顱已經在某處被偷偷燒掉了吧。」

沃嘉的語氣淡漠地幾乎聽不出感情，安爾蒂西亞為此感到不解。

蓋亞是他的父親，照理說應該也是他所信仰崇拜的對象。他怎能隨口說出這種輕蔑的話，沃嘉的怒意淡薄地彷彿事不關己。

沃嘉似乎對任何事物都感到憎惡痛恨，但任何事物對他而言卻又好像完全無關緊要。

「菲爾畢耶的族長大人啊，妳所要找的東西，說不定已經不在這個世界上了。就算如此，妳還是要去把那個盜賊找出來嗎？」

安爾蒂西亞沉默了半晌，才終於沉靜地輕啟薄唇。

「我雖然說要找出那名盜賊……不過，其實我打算先去拜訪盟約的魔女。」

安爾蒂西亞的回答讓沃嘉忍不住挑起眉毛，安爾蒂西亞的答覆似乎令他大感意外。但對安爾蒂西亞而言，他的驚訝才真的是出乎意料之外。

「盟約的魔女說不定會知道什麼吧。」

說到盟約的魔女，是居住在這座山脈的一名隱者。她不屬於任何一個族群，與眾人劃清界線，能隨心所欲使用魔法的她受到山脈居民的畏懼，大家都以「魔女」來稱呼她。

當這座山脈裡的小孩淘氣不聽話時，媽媽就會語帶威脅地說：「不乖的小孩就會被丟進魔女居住的山谷喔！」安魯斯巴特山脈上大概沒有哪個孩子不曾聽過這句話吧。幾乎可算是傳說裡的人物了。

但她絕非只是人們口耳相傳的虛構人物，安爾蒂西亞和沃嘉都非常清楚。

「說什麼蠢話。從這裡駕雪地馬車到魔女之谷，也得花上三天啊！」

「可是，魔女不是擁有千里眼嗎？」

安爾蒂西亞立刻反駁，換來沃嘉不滿的搖頭。

「什麼魔女之類的，我根本不相信。」

「可是，你我兩方的上一任族長都深信不疑。」

過去菲爾畢耶和靡俄迪為了終結血戰，而定下安爾蒂西亞與沃嘉的婚約。當時的見證者，就是山谷裡的魔女。

由立場完全中立的山脈魔女見證兩族之間的盟約，所以她才會有這樣的稱號。

——盟約的魔女。

雖然不曾直接見過面，但對安爾蒂西亞和沃嘉而言，魔女也算是與他們的人生頗有淵源的人物。

「多茲加，立刻去幫我準備一下。」

安爾蒂西亞不假思索地下達指示，多茲加回話的同時也迅速地轉身離去準備調度事宜。沃嘉這次再也無法隱藏心裡的困惑，喃喃問了聲：「妳要親自前去？」

「這是我的誠意。」

「蠻族之人天生就是笨蛋嗎？」

沃嘉這次不是嘲諷，語氣中多了分責難。

「剛嫁進我族的小姑娘轉眼又要隻身前往猶如魔獸巢穴的魔女之谷嗎？在我將蓋亞的永生遭到冒瀆一事公諸於世之前，妳打算先拿這件事向菲爾畢耶的人民吹噓嗎？還是怎麼著，說不定妳一離開這裡，就直接回到菲爾畢耶率兵大舉攻來，誰能保證這種事絕對不會發生？」

安爾蒂西亞眨了眨眼。是嗎……她終於明白了。

——是嗎，原來靡俄迪的人們還沒有攻打菲爾畢耶的打算啊。

「既然如此——」安爾蒂西亞從劍鞘中拔出長劍。

「只要在你面前斷了我自己的後路就行了吧。」

安爾蒂西亞一個反手向後，抓住自己的一頭銀絲，毫不遲疑地舉起隨身匕首將其斬斷。

「陛下——」

在露的悲鳴聲中，交雜著一道不和諧的音色，安爾蒂西亞的銀髮已散落一地。雖然前不久才被沃嘉削下一縷髮絲，但在這座山脈中，美麗的長髮同樣是身為一個女人的象徵啊。沃嘉啞然地連一句話都說不出來；露鐵青著臉孔好似這個世界已經面臨世界末日；才剛回到地下密室的多茲加同樣也張著嘴，錯愕地愣在原地。

失去用來裝飾的長髮，整個人反而輕鬆多了，甚至有種神清氣爽的感覺。

「多茲加，我的頭盔呢？」

「是、是……」

多茲加因驚訝而大張著嘴僵在原地。安爾蒂西亞從他手中接過行囊，穿戴上鐵製的頭盔與鎧甲。

雖然短髮也無法完整地被收進去，但安爾蒂西亞的一頭長髮可是頗為知名；以這副模樣回去菲爾畢耶部落，應該能瞞過眾人的目光才對。

看著安爾蒂西亞悠然穿戴護具的模樣，沃嘉再也克制不住脾氣，不滿地粗聲怒吼道：

「妳以為剪短頭髮就可以了嗎！妳現在要是離開，我該怎麼隱瞞……」

沃嘉沒有把話說完。安爾蒂西亞知道他已經明白自己的想法了。

「——辦得到吧？」

安爾蒂西亞頭也不回，只淡淡問了一句。

居然下達這種與暴君無異的命令，安爾蒂西亞忍不住在心裡譴責自己。

我願意還妳自由——再一次，她用柔和的聲音對影子低喃。

耳邊傳來衣物摩擦的聲音。用不著回頭，光聽聲音，安爾蒂西亞也知道她跪下了。

聲音中沒有一絲顫抖或迷惘，安爾蒂西亞的替身影子淡淡回道：

「一切全憑陛下的意思。」

這場戰爭為期二十天。將等同半個自己的少女當作人質交由敵人發落，屬於安爾蒂西亞的戰爭在沒有歌者詠頌的狀況下，靜默地揭開序幕。

為了送別安爾蒂西亞，露和多茲加也一同走出宅邸。

當美麗的銀髮被劍身無情砍斷落地時，露以為所謂的「絕望」大概就是這個意思吧。那幾乎像要摧毀所有意志，眼前只剩下一片黑暗。

這是我的誠意，安爾蒂西亞是這麼說的。

露不懂剪掉那頭美麗的長髮究竟跟誠意有什麼關係，但她的覺悟就等於是自己的覺悟，所以露也理所當然地跪了下來。

每當有事情發生，露總習慣以安爾蒂西亞的思考模式來判斷決定，所以露覺得這一切都是相當自然的。

目送安爾蒂西亞離開，以人質的身分留在靡俄迪，這些事對露來說絲毫無須猶豫。

應該說，就是為了這麼做，自己才會來到這裡。

解開長髮，換上華麗的禮服。光是這樣就散發出一股威嚴氣勢的露，讓靡俄迪的族長沃嘉不由得發出不知該說是感嘆還是無奈的嘆息。

「女人真是善於變裝啊。」

露不發一語地望著沃嘉。此刻就連她的靈魂也等同於菲爾畢耶族長，當然不能以憎惡的目光睨瞪眼前的男人。

真是個奇怪的男人——冷靜下來後，露看著沃嘉，心裡只有這個想法。

不是奪走自己所敬愛的君主的那個該死未婚夫，當心裡把他認定成自己的結婚對象時，露才發現沃嘉真是個不可思議的男人。

他到底想怎麼做？

對這場婚禮，對安爾蒂西亞，對上一代的衷心盼望，還有對兩個族群的未來。

露心想，看穿這個男人的心思，或許就是自己的任務吧。

「這裡就麻煩妳了。」

在停靠了一台雪地馬車的後門，安爾蒂西亞對露輕聲低喃。這時候的她，身上已包覆著全副戰甲。她轉過身來面對露，隔著面具看著她。

「在這裡的苦難，就麻煩妳承受了。」

安爾蒂西亞的囁嚅，讓露不由得揚起略顯困惑的笑容，「我的苦難還不比陛下多呢。」這麼答道，並非逞強之語。

「我會在這裡代替陛下做好應該做的事。」

「——有一件事，請妳務必答應我。」

露驚訝地揚起眉，「任您差遣，請您下令吧。」臉上漾著淡淡微笑。說約定實在太不恰當了，而且也沒這個必要。

如果妳要我死，我一定就死，露想著。

安爾蒂西亞直直盯著露，就算隔著面具，露依然能感受到她的視線。

「比起自己的生命，妳沒必要把我的立場擺在第一順位——就算逃跑也沒有關係。我要讓妳自由，這句話現在還是有效。不用擔心我，我沒事的。」

那一瞬間，露狠狠咬住自己的下唇。

這簡直比叫我去死更過分啊，露在心中譴責安爾蒂西亞。言下之意，就算少了我，妳仍是不痛不癢嗎？

我想聽的不是這種話。

眼瞼微微顫抖著，露將自己的手疊上包覆在厚重獸皮底下的安爾蒂西亞手背。

「不會沒事的。」

露回道：

「當陛下歸來時，我得替陛下梳整頭髮，還有準備漂亮的新髮飾讓您佩戴呢。雖然這種事也能交給靡俄迪的下人去做，但如果不是我，是絕對不行的。」

安爾蒂西亞靜默地一句話也沒說。

她說不定笑了吧，露胡亂猜測著。

只見她輕輕點了點頭，這就是安爾蒂西亞的回答了。

「多茲加。」

接著她叫出怯怯站在一旁的近衛隊長名字。

「是……的！」

與他懦弱的聲音一點也不相襯，眼前的多茲加難得挺直了背脊。安爾蒂西亞將手擱在他的肩上。

「你可要好好守護菲爾畢耶的族長。」安爾蒂西亞語氣平淡地說。

「可是，陛下……」

多茲加顫抖著肩膀急忙想反對，「閉嘴。」安爾蒂西亞卻冷冷地下了封口令。

「同樣的話你到底要我說幾次？多茲加，你可是保衛菲爾畢耶族長的貼身侍衛啊！」

安爾蒂西亞彷彿在威嚇多茲加。他的反應讓露感到意外，在露的認知中，多茲加確實就像安爾蒂西亞養的狗，從不曾見他反抗過。

尖銳的言語讓多茲加一句話也說不出來，只能緊緊握住顫抖的拳頭。

所幸外面的世界很安靜。雖然沒有降下白雪，冰寒的氣溫仍足以凍結周圍的空氣。一腳踏進冰凍的雪地裡，沒有餞別的話語，安爾蒂西亞轉身鑽進雪地馬車。默默無語地，她只對站在露和多茲加身後，那個將身體倚在門柱上、雙手環胸繃著一張臭臉的沃嘉深深行了一個禮。

在小廣場上只能以跟小跑步差不多的速度緩緩行駛，但這台造價不斐的雪地馬車應該能保護她不受嚴寒侵襲吧。

在幾乎凍結身心的冰寒中，露和多茲加目送雪地馬車漸漸駛離。

在雪地馬車還沒有從視野消失之前，始終繃著身子佇立在身旁的多茲加忽然轉身面向露，像彈簧般彎折了上半身。

「……真的，非常抱歉。」

嘶啞的聲音震動因冰寒而緊繃的空氣。

露看也不看他一眼，只淡淡地說：

「……未經允許就直接闖入主人的寢室，這種作為實在無法原諒。」

聲音雖然與安爾蒂西亞極其神似，但殘留溫柔顫動的音調確確實實是從露口中說出來的。雖然是從露口中說出來的話，也仍具有安爾蒂西亞所賜予的權力。

「我必須解除你的職務才行。」

露明白多茲加此刻的謝罪代表什麼。因為安爾蒂西亞說了，他是族長的貼身侍衛。

可是露並不這麼認為。他雖然是菲爾畢耶的戰士、是族長的隨身護衛，但在這些稱號之前——

他是只屬於安爾蒂西亞的僕人。

「……去吧，多茲加。」

為了守護獨自一人穿上戰甲的安爾蒂西亞。

這聲命令也是他打從心底所期盼的。

露只是佇立在原地，一動也不動，不管安爾蒂西亞接下來會遭遇到多麼險峻的危機……

所以，你要連我的份一起盡力，露在心中默禱。

用不著把話說盡，多茲加已經站直身體，跌跌撞撞地往雪地彼端奔去。為了追上安爾蒂西亞的馬車。

露不再把目光放在多茲加漸行漸遠的背影上，一轉身，便與靡俄迪的沃嘉四眼相交。

你怎麼還在啊？露的腦中失禮地冒出這個想法。

「那隻狗……」

沃嘉依然頂著一張難以釋懷的臭臉咕噥道：

「是妳的情人嗎？」

這句話讓露打從鼻腔哼出一聲嗤笑。

這絕非安爾蒂西亞會有的反應。露心想，沃嘉這番話分明也不是對安爾蒂西亞提出的問題吧。

「怎麼可能，那傢伙是我的……」

是我的同僚，我的戰友，是讓我費神照顧的小孩子。

但逸出口的，卻是與露心中所想全然不同的回答。

「他是我的情敵。」

露望著沃嘉，望著他那一臉好似聽到異國語言的錯愕表情。

他大概無法理解吧。就算無法理解也無所謂，露垂下視線。

她已經無法再重拾露的身分了。直到安爾蒂西亞平安歸來之前，她必須要保護自己直到最後一刻。

第四章 盟約的魔女

明知道多茲加正跌跌撞撞地穿過雪地追來，一路上已經數不清跌倒多少次，安爾蒂西亞還是沒有停下奔馳中的雪地馬車。

她知道，他是不會放棄的。

好不容易抓住雪地馬車攀了上來，拖著狼狽不堪的身軀，多茲加還是來到自己的身後。

駕著馬車的安爾蒂西亞嘆了一口氣。嘆息在幻化成白色的呼息之前，就已經先變成薄薄的冰片。

「我應該告訴過你不准跟來吧？」

「是的。」

「回去。」

「我辦不到。」

就算不回頭也能清楚感受到，他拚命壓抑情感所吐出的這句話包含了多大的覺悟，那是就算叫他自刎也不會推辭的覺悟。因為他否定了主人的命令。第一次——以菲爾畢耶戰士的身分來到安爾蒂西亞面前時，多茲加也曾說過同樣的話。

安爾蒂西亞深信，多茲加和露之間一定有決定性的不同之處。當時多茲加為了成為安爾蒂西亞的貼身侍衛，確實撂倒了十幾名菲爾畢耶的勇者。不，這種說法並不正確，應該說，他自始至終都沒有被菲爾畢耶的十幾名勇者撂倒才對。他之所以能當上安爾蒂西亞的貼身侍衛，並不是因為他有過人的劍技或體力。

就算被打斷了骨頭、就算血流滿地，他還是沒有倒下。即使用野獸來形容他也不過分。

這種說法或許會招致誤解，但前提是，和多茲加對戰過的菲爾畢耶戰士曾對他下過這樣的評語。

——就像個不死之身一樣。

不是不會死，而是死了卻還能繼續戰鬥之身。

讓人難以理解，卻又不禁對他抱持期待。安爾蒂西亞本想和他交手比試一下的，可是他卻說他無法拿劍對著安爾蒂西亞。不僅無法拿劍對著安爾蒂西亞，他甚至願意用自己的血肉承受安爾蒂西亞的攻擊。

趴在地上的姿態實在無法稱為戰士。蜷縮著背脊，被過長的灰髮遮掩住的臉部肌膚到處都是浮凸的醜陋傷疤。變了色的肌膚不同於一般的菲爾畢耶族民，更不像靡俄迪人。那雙異形似的手指訴說著他前半生的悲壯故事，光是他還能活著站在自己面前，就足以令人深深感嘆了。

湧上心頭的，是股莫名的感傷。

那樣的感傷雖然異樣，但並非無法理解。

只是，有種既視感。

總有一天，安爾蒂西亞會向多茲加確認一件事。但現在還不是時候，不是這個時候。

他仍像過去一樣，對安爾蒂西亞伏下身，前額磕碰到腳下的車板。他沒有踏上駕駛座，而是伏跪在身後放置行李的木板上。

安爾蒂西亞手握韁繩頭也不回，雙眼依然直視前方。這是個沒有風的夜晚，但馬車光是行進就足以牽動空氣，拂掠過她的肌膚引起一陣陣刺痛。

腳邊雖有光線照射，能看清的也只有五步以內的景物。就像一邊探勘著方位，一邊往黑暗中前進。

正值山脈的隆冬時期，這趟旅途想必不輕鬆吧。更何況趕路的同時，安爾蒂西亞還得隱藏自己真正的身分。

傳說中，魔女的峽谷還有魔獸出沒。

一點勝算也沒有，我這次實在太輕率魯莽了。但就算如此，我還是得贏得這場戰役才行。

「……那個男人說我是個笨蛋，對吧？」

低喃聲不自覺地脫口而出。

「是……」

多茲加依然低垂頸項。

「你也這麼想嗎？」

如果露也在，她會怎麼回答呢？她一定會揚起虛幻美麗卻堅強的笑容說：「只要是陛下的決定，就是我唯一要遵行的事！」

「……這樣太逾矩了……」

「無所謂。」

安爾蒂西亞只想知道他的想法，於是多茲加也毫不猶豫地回答了：

「一半一半……吧。」

這樣的答案讓安爾蒂西亞大感意外，她沉默地催促多茲加繼續說下去。

於是多茲加又喃喃開口：

「和靡俄迪之間，根本沒有互相理解的餘地。關於盜賊的事情也是……到頭來，只是把事情丟了過來。但這樣，不管是要交涉或互相合作，還是基於理性上的對立……」

雖然是自言自語，但多茲加難得這麼多話。

「總之陛下的舉動，應該算是給了對方一記出其不意。我們已經表達了堅定的立場，所以我想，靡俄迪接下來也會理性地重新思考事態。畢竟陛下不如他意行動這件事，應該讓那個男人頗為不滿……就這點來判斷，正合我們的意。」

「……你如此清楚，卻仍然有一半的想法認為我是笨蛋？」

安爾蒂西亞並沒有責問他的意思，可是說出口的話自然就多了分質詢意味。但或許是把這解讀為批判，多茲加「唔……」地噤聲，前額再度抵上放置行李的車板。

安爾蒂西亞不禁嘆息。

多茲加的發言讓安爾蒂西亞感到無比新鮮。在此之前，安爾蒂西亞甚至不記得多茲加有提出過任何意見。因為他一直都是個以身體力行的人。

算了，安爾蒂西亞說。

「……接下來的這段日子，只剩下我一個人了。如果有什麼是我該知道而未知的事情，希望你能提醒我。我並不打算讓別人替我做出選擇，但我也不希望自己變成一個不懂得聆聽他人意見的愚鈍之輩。」

黑暗中無法看清多茲加的表情，但他回答的聲音正因歡喜而顫抖。

「如果我……能幫上一點忙……」

說完這句話後，多茲加又陷入短暫的沉默。他原本就不是個多話的男人，而安爾蒂西亞也沉浸在自己的思緒中，並沒有意識到流竄在兩人之間的沉默。

「——我只有一件事想告訴陛下……」

直到聽見多茲加怯怯地再度出聲時，安爾蒂西亞才發現他其實是在斟酌該怎麼開口。

「說吧。」

安爾蒂西亞維持著目光向前，允許他發言。

得到允諾後，多茲加才用不甚清晰的聲音懇求似地開口：

「……不可以……剪掉頭髮的。而且還是由您親手剪下那一刀……不管是對我、還是對露大人而言，都比剪在自己身上還要難受。」

安爾蒂西亞還是沒有回頭。

「我的姑姑也是一頭短髮。」

「蘿吉亞大人是……」

多茲加吞下到嘴邊的話。其實安爾蒂西亞也清楚他想說什麼，所以才洩出一聲輕嘆。

她並不是因為自己的喜好才剪了短髮。

——而是在戰場上失去一隻手臂後，剩餘的一隻手也沒辦法盤整那頭長髮。

「抱歉。」

安爾蒂西亞的道歉，讓多茲加將身體伏得更低了。

多茲加說的大概是正確的吧。雖然安爾蒂西亞並不認為一頭長髮代表了什麼，但她的確得好好保護自己的身體才行。

對安爾蒂西亞來說，死在戰場上一點都不名譽。

她的榮耀，應該是活著離開戰場才對。

眼前是一大片未知的黑暗。

只要捱過漫長的冬天，衷心期盼的春天總會到來的。

看他的表情，似乎遇上了什麼大難題呢。

安爾蒂西亞離開後，露望著靡俄迪的族長，不由得這麼想。

露雖不明白他的困惑，但知道他並不是個完全不會迷惘的人之後，心裡某處也覺得鬆了口氣。如果是個做事不經大腦，毫無判斷能力只會一股腦打仗的人，那大概也沒辦法對話或進行交涉吧。

似乎發現露正在觀察自己，沃嘉轉過頭來與她四目相交。凌亂不堪的房間只大略整理了一下。不知他是不太想麻煩傭人，或只是單純嫌麻煩。

他看著露，臉上又是打一開始的那種扭曲笑意。

「小姑娘，妳有什麼話想說嗎？」

「沒有。」

露以澄澈的聲音答道。也許是她說話的方式與安爾蒂西亞太相似，沃嘉的臉色顯得相當不悅。

「真是群教人不愉快的傢伙，妳就是打算演足菲爾畢耶族長的角色就是了？」

他跨著大步朝露走近，一掌攫握住露的肩膀，力道之猛幾乎要將她扔了出去。露踉蹌之間失了平衡，一不小心就倒臥在床。

俯視著睥睨倒在床上的露，沃嘉臉上仍掛著晦暗的笑意，伸手解開自己的鈕釦。

「妳能代替那個冷血的族長做到什麼地步？讓我見識一下吧。」

面對舔著嘴唇毫不隱諱顯露出淫邪興趣的男人，露並沒有太多反應。只是默默地撐起上半身，解開自己胸前的釦環，拿出隨身攜帶的匕首。

匕首依然躺在劍鞘裡，露知道沃嘉心裡在想什麼。

於是她漾開淺淺微笑。光是一個笑容，周圍的空氣彷彿也跟著綻開了花朵。那帶笑的臉龐不屬於不知畏懼為何物的菲爾畢耶女族長，而是專屬露的美豔。

接著她用屬於自己的聲音、自己的語氣，輕聲囁嚅道：

「我可沒有趁人睡著時偷襲的興趣。」

言語間，露也把手中未出鞘的匕首抵在沃嘉胸前，抬起雙眼直視面前的男人開口道：

「請您殺了我吧，勇猛的靡俄迪族長大人。」

沃嘉沒有回答，卻掩飾不了浮上面容的驚訝，直盯著仍在微笑的露。

露漾出更豔絕美麗的笑容。

「我的意思是，請您砍下我的頭顱吧。請將我的首級當作是陛下的，藉此點燃開戰的狼煙吧。」

「——妳是什麼意思？」

低沉的質問聲，還有一臉僵硬的表情。

相較於沃嘉一臉嚴肅，露卻綻開空虛的淡淡笑意。

「我想，我大概不喜歡您吧——不，我的確不喜歡您沒錯。」

露早有心理準備得代替安爾蒂西亞承受沃嘉的凌虐，露認為自己一定捱得過去的。但這件事還是非和他說清楚不可。

「如果您想重新開戰，我們也是求之不得。對陛下而言，這場婚禮就是賭上菲爾畢耶的未來，屬於她一個人的戰爭。可是我敬愛的陛下，為什麼非得為了菲爾畢耶和靡俄迪而受到迫害？想要什麼樣的未來，就該由自己突破萬難爭取，我覺得這都無所謂……為了陛下，我早有死在您面前的覺悟了。」

安爾蒂西亞說，跟自己的生命比較起來，用不著把她的立場放在第一順位。但這是不可能的，也許這樣的立場就是露的宿命。除此之外，再也沒有其他事物是自己存活在這個世界上的意義。

「閉嘴，小姑娘！」

領口被揪住，露纖弱的身子被沃嘉粗暴地扯起。齜牙裂嘴的臉孔靠得很近，沃嘉從喉間發出低沉的威嚇聲。

「連人都沒有殺過的小人物少在那邊虛張聲勢。不是整個部族的人民都像妳和那隻忠狗一樣瘋狂，連仗都沒打過的人，有什麼資格提為戰而死的驕傲——」

「果然您也是這麼想的呢，靡俄迪的族長大人。」

在幾乎能觸碰到彼此的極近距離下，露輕聲呢喃道。

「您也知道戰爭是多麼沒有意義的事，對吧？」

沃嘉的表情瞬間凍結，抓住領口的手卻鬆緩了力道。露坐回床墊上，耳邊傳來匕首落地的響聲。

「……妳算計我？」

露淡淡笑了。

「您真是個笨蛋。很可惜，就算殺了我而引發戰爭，陛下的信念也不會因此扭曲的。」

如果這種程度的小事就能動搖安爾蒂西亞的情緒……

根本不用刻意拜託您動手，我肯定會親手砍下自己的頭顱，好點燃開戰的狼煙，露喃喃說著。

嘴上說著誇耀似的話，露的表情卻不見一絲喜悅。

「……如果能讓她改變自己的信念，那該有多好啊。」

將視線從沃嘉身上收回，露垂下頸項，用嘶啞的聲音苦澀地說：

「陛下的英勇未婚夫啊，我雖然討厭您，但還不及菲爾畢耶的前一任族長．亞狄吉歐大人喔。」

多麼冒瀆不敬的一句話，但在這一連串的對話中，卻是露最真誠的自白。

「不管他是多麼了不起的明君、不管是多麼溫柔的父親，他還是為了和平出賣自己的女兒——出賣一個甚至沒談過戀愛的生命。」

從孩提時代開始，露就一直陪在安爾蒂西亞身邊。所以她才有資格說這種話。

如果沒人敢說，那就由露親口說出來。

上一代的族長根本就是惡魔。

露的說法，讓沃嘉憎惡地用力咂了一下舌。

「女人就是這樣。」

從他口中吐出的這句話似乎並不是針對露一人。別開目光，他又接著說：

「三言兩語總不離情啊愛的，為愛痴狂的男人也實在可笑。居然不懂男女之間的情愛不過是逢場作戲。」

露笑了。只微微勾起唇角，但她確實笑了。

「族長大人，原來您也只是個小孩子呢。」

周圍的空氣瞬間變了顏色，當露發現時已經太遲了。

顴骨忽然感到一陣劇痛。露連忙轉過頭，卻還是逃不了襲上臉頰的衝擊。

堅硬的拳頭不由分說地打向臉頰，露隨即伏倒在床上。

「注意妳的措詞，蠻族的小替身。」

露的嘲笑似乎踩中了靡俄迪族長的地雷。

沃嘉充滿殺氣的警告，換來露迎擊似的強烈視線。

「不用您說，我的名譽就等於是陛下的名譽。就算我這條命只是替代品，我也會努力守護的。」

沃嘉一雙漆黑眼瞳惡狠狠地瞪著露，臉上全是被她挑起的憤怒與不悅，沒多做停留已轉身走出寢室。露根本沒心思問他要到哪裡去，只是憤恨地，將他的背影當作仇人般深惡痛絕的睨視。

房門闔上。聲音消失了。

緩緩伸手覆住嘴角，才發現口腔裡早已布滿血腥味。

（好痛。）

這是她唯一的想法。幾乎像是反射般地，露知道滾燙的眼淚正從緊閉的眼角一端流了下來。

好痛苦。好難過。好孤獨。

可是，做得很好。

（我做得很好。）

緊抓著自己胸前的衣襟，露茫然想著。閉上眼，臉頰紅腫了起來，露必須讓自己循著安爾蒂西亞的思考來行事。直到婚禮來臨之前，她都必須盡自己所能達成身在靡俄迪所該完成的任務。

安爾蒂西亞已經離開了。露唯一敬仰、深愛的女王陛下，在那片蒼茫的白色幽暗中，她身邊只帶著一名護衛。現在她不在這裡。露沒辦法以侍女的身分享受安逸的生活，因為她必須以安爾蒂西亞的身分待在這裡。

（就算只有我一個人……）

露只有一個人，卻必須騙過全部的菲爾畢耶和靡俄迪族人才行。應該沒問題的，因為這麼多年來，假扮安爾蒂西亞一直是她的工作。

沒問題的，只要當晨曦再度照亮大地時，那個沃嘉族長願意出現在自己的面前……我還站得起來。我還能繼續再戰，我得相信自己才行。

（所以只有現在……）

露膽怯地攥緊隨身匕首，緊緊地用力閉上眼睛。像是為了代替絕不會哭泣的女王陛下，露的淚水從孩提時代至今始終不曾凍結。

在前往魔女之谷前，安爾蒂西亞和多茲加先回到菲爾畢耶部落一趟。雖然無法坦蕩蕩地表明身分，安爾蒂西亞還是希望能與蘿吉亞姑姑見上一面。

蘿吉亞姑姑是唯一曾隨上一任族長亞狄吉歐一起前往魔女之谷的人。而且她也曾以大使的身分，率隊和靡俄迪進行交涉。安爾蒂西亞認為，她說不定知道些什麼吧。

和姑姑見面究竟是好是壞，現在也說不準。如果讓她知道現在與靡俄迪的險惡情勢，她說不定會叫自己拿起劍迎戰。

但是，安爾蒂西亞並沒有如願見到蘿吉亞姑姑。

在安爾蒂西亞的命令下，前去探訪蘿吉亞的多茲加歸來時卻面色凝重地搖搖頭。

「……她的狀況真的那麼糟嗎？」

「聽說謝絕會面的狀況已經持續好一陣子了……這段期間無論誰都無法靠近她的床沿。蘿吉亞大人是個嚴以律己的人，大概是不想讓別人看到她軟弱的一面吧。」

「居然病得這麼嚴重……」

多茲加帶回來的消息讓安爾蒂西亞忍不住憂心。在安爾蒂西亞心中，蘿吉亞姑姑一直都給人剛強堅定的印象。將最光輝的青春歲月奉獻在戰場上的她，結束長年的爭戰後，或許也失去了某些重要的東西吧。

與她的兄長、也就是安爾蒂西亞的父親亞狄吉歐相同，她雖是個聰穎且位高權重的貴夫人，但她的劍充滿激情，安爾蒂西亞在與她比劍練習時，每每都得抱著必死的覺悟。如果蘿吉亞姑姑沒有失去那隻手臂，自己或許早就在練習中一命嗚呼了吧。

安爾蒂西亞的母親在產下安爾蒂西亞後，就被靡俄迪的毒箭射中而命喪黃泉。擁抱自己的不是溫柔纖弱的手，安爾蒂西亞從小就在滲染了憎恨的刀劍教育下成長。這樣的蘿吉亞姑姑怎麼可能這麼快就衰弱老去了呢？就連當年那個傳染病肆虐之時，她都平安度過了不是嗎！

為了揮除纏踞胸口的複雜情緒，安爾蒂西亞輕輕甩了甩頭。

「沒有時間了，直接到山谷去吧。」

多茲加頷首。

菲爾畢耶部落似乎正瀰漫著一股動盪不安的氣氛。

揭開新時代的序幕絕非戲劇般令人感動激昂，至少安爾蒂西亞是這麼認為的。無論是誰，只要拿起劍，並且勇於戰鬥，都能成為英雄。

可是，為了守護這座白雪皚皚的山頭，為了在這塊冰寒的大地繼續生存下去……

新時代至今還不見蹤影。但安爾蒂西亞認為，能為新時代揭開序幕的並非傷人的刀劍，而是愛情。

（愛情……）

用力攥握掌心。

這隻手感覺不到半點溫暖。

這是多麼虛泛醉人的謊言啊……安爾蒂西亞漠然地想。

隔天開始，靡俄迪的沃嘉除非必要，盡可能地不讓太多人靠近菲爾畢耶的女族長。他表示自己最多只能做到這種程度，所以保持了肅穆的沉默。露則以安爾蒂西亞的容貌與聲音，向眾人宣布她派隨身侍女露和多茲加回到菲爾畢耶部落去辦些事情。

露專心地注視著沃嘉，像是為了不漏看他的一舉手一投足，也為了徹底看穿他的心思。

在露的眼中，沃嘉絕不愚蠢，卻是個信奉絕對主義的統治者。他只比安爾蒂西亞和露大了幾歲，卻早已擁有自己的一套帝王哲學。

「盡量減少傳令到各部族的人力。」

面對那些要稱作親信還太過順從的靡俄迪族人，沃嘉以強硬的語氣下達指令：

「我們這邊已經收到會從菲爾畢耶前來觀禮的賓客名單了，不過住的地方還是個問題。雪宿還沒完成嗎？如果還得容納客人，馬上就會被塞滿了。」

「族長，崗哨的問題又該如何解決呢？」

「崗哨？」

挑起一邊眉毛，沃嘉將視線瞥向與自己相隔些許距離的露身上。

「菲爾畢耶，妳有什麼好提議嗎？」

這是他第一次徵求自己的意見。露偷偷嚥下一口唾液，緩緩轉動視線輕聲開口。

「……北邊的。至少在婚禮之前，應該把北邊的崗哨給撤除掉。那個崗哨的存在，就象徵著兩個部族之間的隔閡。」

從自己口中發出的聲音相當沉穩自若，就連露本人都忍不住想起遠在千里之外的主子。似乎對露的回答很不滿意，沃嘉煩躁地咂舌，「你聽見她說的了。」說完立刻遣退那名親信。

等下屬離開後，沃嘉才幽幽嘆了口氣：

「妳們果然都是讓人很不愉快的傢伙。就連說出口的話，也和那個女人一模一樣。」

「我不懂您在說什麼。」

露的表情絲毫未變。像是根本聽不懂沃嘉到底在說什麼。因為現在的露就是安爾蒂西亞，當然不能顯露出絲毫破綻。

沃嘉從位子上站起身，背對著露頭也不回地說：

「妳就繼續玩這種扮家家酒遊戲吧。如果那個女人無法在婚禮之前趕回來，妳就等著被砍頭！」

露沒有回答。不知道這樣的沉默究竟給了沃嘉怎麼樣的想像。
「但就算她真能趕得回來，妳還是得做好兩人的頭顱同時落地的心理準備！」
沃嘉丟下這句話離開了，露只能靜靜閉上雙眼。

被白雪覆蓋的大地響起一陣又一陣的震動。
小小的碎冰片在空中漫舞著，安爾蒂西亞喘著大氣佇足停在原地。
「……哈啊……」
揮動手中的彎刀，那模樣好似要把沾在刀身上的鮮血甩掉。但是，手裡的彎刀並沒有濡溼。
「陛下……」
沾了滿身雪花的多茲加急忙趕到安爾蒂西亞身邊，在確認她是否受傷了之前——
「我沒事。」
安爾蒂西亞只回了這麼一句。
某處傳來流動的水聲，說不定是從地底下傳來的吧。

這個被稱為魔女峽谷的地方沒有四季之分，終年都處於嚴寒噬人的隆冬。那是座四面八方都被湍急河流圍繞的深山峽谷。冰凍嚴峻的山脈氣溫將整座河川表面都凍結成冰了。因為凹凸不平的地面無法再駕車前行，於是安爾蒂西亞捨棄馬車，與多茲加徒步走在冰雪之中，忽然一道巨大的影子襲向正努力前行的兩人。

那是從沒見過的某種野獸。

有著雪白的身軀，上頭還有幾塊銀色的斑點，是頭如小山一樣巨大的雪豹。

多茲加先用蠻力將牠摺倒在地，安爾蒂西亞再乘機斬斷牠的咽喉，總算讓雪豹倒地不起。

倒臥在地的雪豹發出不可思議的聲音，忽然一陣強風襲來，才發現雪豹的毛皮竟是細緻的冰晶，那雙青藍的眼瞳彷似寶石。

完全脫離這座山脈的生物循環，躺在雪地上的是一隻沒有生命的生物。

「這個是……」

多茲加困惑地出聲，安爾蒂西亞則一邊注意四周的動靜邊答道。

「是魔女的寵物。魔女會指使雪人偶來惡作劇，這麼做也是為了守護魔女之谷，你難道不知道嗎？」

關於這座山脈的魔女有諸多傳言。就算不記得曾聽誰提起過，不過就連安爾蒂西亞都知道那些謠傳的內容。

看多茲加只是茫然地佇在原地，這一點倒令安爾蒂西亞有些吃驚。

「真是稀奇啊，你難道沒有從父母的口中聽說過嗎？」

「我的父母……」

多茲加困窘的模樣動搖了周圍的空氣。他或許在笑吧。安爾蒂西亞覺得他的反應更勝言語。

「——是因為戰爭？還是傳染病？」

安爾蒂西亞問，是死於哪一種呢？不管是戰死或病死，可能性都差不多大。在安爾蒂西亞年幼時，菲爾畢耶與靡俄迪之間的血戰陷入膠著，同時又發生了原因不明的傳染病。

「這個……說不定……都有吧……」

不清楚哪一點才是真正致命的死因。多茲加的語氣很輕、很淡，彷彿在描述過去的失敗一樣，尷尬的低喃著。

「是嗎……」

安爾蒂西亞也只能這麼回答。

「山谷的魔女是個隱居的賢者，擁有千里眼，聽說她見證了這座山脈的開始與結束。」

「就像靡俄迪的咒術師一樣嗎？」

「聽說本質並不相同。正確說來，他們並不同掛。不過傳言靡俄迪的永生咒術就是魔女傳授的，只是不曉得到底是不是真的。」

多茲加悄悄嚥了口唾沫。

「她是不死之身嗎……？」

「確實有謠傳說她是不死之身，但也有人說魔女的知識與魔力都是代代相傳的。」

然而事實誰也無從得知。

「魔女討厭人類，所以從不主動與他人見面。如果她願意加入任何一個族群部落……肯定會成為眾人信仰的對象，進而統治這座山脈的所有人民吧。」

厚厚的冰層底下，說不定湖水依然流動著。耳邊傳來彷彿大地震動的聲響。光是踏在長年冰凍的湖川表面，腳尖馬上就因寒冷而凍僵麻痺了。

「但是，她至今依然一個人隱居在山谷裡……而我們這些凡人只有在走投無路時，為了存活下去才會不畏艱難地前來拜訪她。」

耐著嚴寒氣候，就算幾乎要斷了呼吸，也必須見上她一面。

「我們大概是這十年來唯一的訪客吧。」

橫越川流，攀爬過好幾座陡峭的山壁，彷彿受到指引般，安爾蒂西亞一路往山谷深處走去。

終於來到一處看起來像正張著嘴的幽暗洞窟。

「走吧。」

安爾蒂西亞點燃火把。

過去自己的父親也曾走過這條路，同時也是沃嘉的父親走過的路。

就連黑暗也顯得蒼白的這塊土地居然能布滿全然的黑暗。一踏出腳步，就觸碰到許久未曾接觸過的土壤與石頭，悄悄包覆住早已凍僵的腳底。

這樣的觸感還真教人懷念啊，才剛想著，垂吊在頭頂上的燈座突然被點燃了。

背後的多茲加不由得倒抽一口氣。安爾蒂西亞下意識地伸手摸向懸在腰間的劍柄，放慢腳步繼續往深處走。

在這座洞窟裡，不管出現什麼東西都不足為奇。聽說魔女還曾經為了惡作劇使用法術遮掩了太陽與月亮呢。

一步，再一步。

燈座一盞接著一盞亮了，就像在催促安爾蒂西亞的腳步。

終於走到盡頭，而她就在那裡。

「……族長來了，菲爾畢耶來了，來到魔女之谷了唷。」

裊裊煙霧像薄軟的簾幕披散著。坐在椅子上的小小影子用嘶啞卻豔麗，猶如孩子的聲音開口說著。

安爾蒂西亞和多茲加毫不遲疑地屈膝跪下，拔出腰間的劍放在地上。

「初次見面──見證我族盟誓的魔女。」

山脈的樹林全染上一片雪白，連樹根都埋在厚重的白雪底下。跟著沃嘉的腳步，露小心翼翼地從雪地馬車裡走下來。沃嘉大抵上都和露、應該說菲爾畢耶的族長保持著距離，露卻示好般地始終站在他身邊。

因為這是她分內的工作，而她也想了解靡俄迪族長心裡真正的想法。沃嘉憎恨安爾蒂西亞和菲爾畢耶，他說要再度點燃這座山脈的戰火，卻焦躁又迷惘。

「我去看看雪宿的搭建進展得如何了。」

沃嘉這麼說，露也理所當然地跟著他。雪宿位於靡俄迪的郊外，是為了沃嘉與安爾蒂西亞的婚禮才特地連夜加蓋的，屬於靡俄迪族特有的屋舍。

雪宿，事實上只是用凝固的冰塊建造出屋舍的外形。除了菲爾畢耶的人民之外，生活在這座山脈的其他少數民族也會前來觀禮，所以靡俄迪特地開放民家供賓客休憩，但就算請族人多搭些帳蓬仍不敷使用，畢竟遠從山下前來觀禮的外地客人也需要地方休息。

腳步跟隨著走在前方的沃嘉，但強烈刺目的冬季陽光卻令露感到暈眩，只好停下腳步，將目光瞥向一旁的雪宿。雪宿有著冰晶美麗的外型，伸手摸了摸以馴鹿鹿角製成的門把，露不由得讚嘆。

「菲爾畢耶的族長大人。」

一聲細若蚊蚋的叫喚讓露瞬間停下動作。緩緩轉過頭，眼前站著一名和露差不多年紀的少女。

她並非從沃嘉宅邸一起跟來的靡俄迪傭僕，而走在前方的沃嘉早已不見了蹤影。

她的帽子上有靡俄迪一族專屬的裝飾。少女將黑色長髮紮成兩股辮子，紅著臉頰吐出白色氣息。

「那個、那個……」

她大概急著跑出門吧，連副防寒手套都沒戴，原本白皙的肌膚都凍得發青了，還不住顫抖著。她會直打哆嗦，也許是因為寒冷的天氣凍僵了她的手腳，又或許是心裡很害怕的關係。

「我聽說……您正和沃嘉大人在一起……」

直到婚禮結束前，族長所預定完成的公務基本上是不對外公開的，然而，畢竟是儘管安靜卻依然顯眼的兩位族長，她大概是從哪聽到風聲的吧。

顫抖的嘴唇輕輕吐出話語，靡俄迪少女對露遞出她緊握在手中的一條布毯。雖說遞了出來，但兩人之間還差了十步左右的距離，就算露伸出手也無法接到。

「我想……將這張掛毯獻給您……我一直……很努力編織這條掛毯。」

啊啊……露微微垂下眼。少女遞上前來的是象徵祈求婚姻幸福美滿的掛毯吧。布巾上刺上花朵與馴鹿的圖案，是經常拿來送給準新娘的新婚之禮。

該怎麼做才好呢……露不動聲色在心裡猶豫著。如果是安爾蒂西亞，她應該會收下這份禮物吧，但現在露卻是孤身一人。

在菲爾畢耶，這個年紀的少女通常比大人更潛心研究劍術。

可是眼前的靡俄迪少女卻輕顫著因冰寒而凍結的睫毛，「族長大人……」連從她口中逸出的聲音都是顫抖的。

「我的父親在十年前死在戰場上。」

露只能怔怔地看著眼前的少女。

少女溫婉的面容染上淡淡愁緒，拚命忍住眼淚繼續說：

「他是被菲爾畢耶殺死的。」

露動彈不得。周圍的空氣緊繃得讓人透不過氣來，只有少女的聲音還在耳邊迴盪。

「我的母親現在還是很憎恨菲爾畢耶，也不肯承認您與沃嘉族長的婚禮，她還說絕對沒辦法和您一起生活。」

露心想，這無奈的呢喃並不只是少女一個人的心情吧。漫長的戰爭讓兩個族群都累了，所以才會守著停戰十年的約定。

十年的時間，還不足以療癒心傷。

露無法做出任何回答，只能無言地與她對峙著，少女清秀的臉頰因悲從中來而有些扭曲變形。

「可是……」

她沒有流下眼淚，相對地聲音卻顯得溼潤。

「可是，我父親一定也殺了很多菲爾畢耶的人。」

她用力握緊手裡的掛毯。

「族長大人，菲爾畢耶的族長大人，我懇請您一定要留在靡俄迪。」

我會祝福您的，說出這句話的少女，那姿影彷彿帶來純白雪花的妖精。

「我會祝福這場婚禮的。不只我、我們真的很想被原諒，也希望能放下仇恨，學會原諒。」

渴望永恆的靡俄迪子民。他們犯下的罪過不曾消失，這樣的罪難道也會與他們的人生一樣永恆存在嗎？

少女究竟懷抱著怎麼樣的心思刺下每一針每一線？懷抱多深的祈禱？怎樣的冀望？

露默默跨出腳步，走到凍得全身僵直的少女面前，接過她手裡的掛毯後，也把自己的禦寒手套交到她手上。

「謝謝妳。」

露只說了短短三個字，少女再度扭曲了面容，對露深深行了一禮，將安爾蒂西亞的手套抱在胸前，轉身往雪道的另一頭跑去。

少女說要祝福自己，而露能回應她的只有那一句話。

除此之外，我還能怎麼回答？露自問。如果能告訴她「不用擔心，已經沒事了。」該有多好？如果真能保障未來該有多好？但這卻是露無法辦到的。

因為比起兩個部族的未來，她衷心祈禱的只有安爾蒂西亞的幸福。

跟靡俄迪少女的聰明伶俐相比，自己居然那麼膚淺而無能為力。雖然這麼想，露也知道自己是不會改變的。

安爾蒂西亞應該會達成那個少女的期望吧。包含那個少女在內，她一定會讓兩個部族有一個美好的未來吧。但露並不是安爾蒂西亞，露只願為安爾蒂西亞的幸福祈禱。

只是稍微接觸一下冰寒的空氣，指尖就冷得快失去知覺，露捧著掛毯轉身時，才發現有個人影就站在不遠處的樹影下。

「妳的假面具都快剝落了。」

站在樹影下的沃嘉，露出一副倦厭的模樣看著露。

他是從什麼時候站在那裡的？從哪裡開始聽到她們的對話？不擅於察覺氣息的露當然不會知道。

「——果然不行。」

斂著眉，露用一副快哭出來的表情微微笑著。從安爾蒂西亞離開的那一晚之後，這是露第一次將自己真正的情緒表現在臉上。

沃嘉從鼻間哼出一口氣嘲諷著：「如果剛才那個女人準備的是毒藥或劍，妳現在早就一命嗚呼了。」這種事露當然也有想過，「就是說啊。」她只能輕輕頷首。

「如果我被襲擊了，您會來救我嗎？」

連露都覺得這句話說得太戲謔了，而沃嘉也同樣露出一副嘲笑的臉孔。

「這是妳理所當然的報應。」

他只給了這句回答。轉過身去的背部好寬闊，如此強健偉岸。

他是指對什麼的報應呢？露覺得自己好像知道，但又不是那麼確定。當自己死掉的時候，他說不定還是會這麼說吧……露茫然想著。

接受理所當然的報應，這算是意識到自己曾犯過什麼罪嗎？可是，我只是活在這世上而已啊。

安爾蒂西亞和沃嘉真的很相像呢……毫無根據地，露就是這麼認為。尤其是對他們自己都太嚴苛這一點，兩個人真的很像。這樣的兩人，能夠彼此扶持嗎？

他們應該不會互相傷害吧？或許，他們傷害的對象都不是彼此。而是將刀鋒抵在了自己的喉間。

露溫柔輕撫著布滿鮮豔彩線的掛毯。

（我想被原諒。）

那個嬌小的少女是這麼說的。

（而且，也想學會原諒……）

這彷彿，彷彿是在乞求愛的語句不是嗎？

攤開懷裡的掛毯，上頭綻放著各式各樣的美麗花朵。

而中央緊靠在一起的，是象徵兩個部族的圖騰。

第五章 魔女的贈禮

低著頭出聲後，呼吐的氣息和瀰漫的煙霧散了開來。

「脫下妳的面具，抬起頭來吧。」

魔女慵懶的語氣與她嘶啞的聲音恰成反比。在出聲的同時，魔女的身形似乎也隨之改變。

安爾蒂西亞依言卸下面具，甩了甩零亂的髮絲，將面具擱在腳邊抬起頭。

隔著裊裊煙霧，魔女的身影就近在眼前。

（？）

坐在最深處的人影微微晃動著。那體形與她散發出的氣息彷彿過去似曾相識的某個人，安爾蒂西亞不由得瞇起眼睛仔細注視。

「呵呵……」

笑聲輕逸出口的同時，原本瀰漫的煙霧也散開了。

坐在那裡的是個瘦小的身軀。前一刻感受到的氣息已不復存在，那是安爾蒂西亞從不曾見過的姿影。厚重的外衣包覆住頭部，只能看到鼻子以下的部位。原本嬌小瘦弱的老嫗剪影，轉眼竟變成稚幼孩童的姿態。為什麼？為什麼會以為自己見過那個身影呢？像是見到幻影，安爾蒂西亞覺得不可思議極了，只能不斷眨眼確認。

勾起笑容的魔女嘴角不見一條皺紋。就這一點看來，她果然像個孩童，但一舉一動又是不符合那外表的老成，此刻她正輕輕搖晃手裡的菸管。

「啊啊，啊啊，真的很相像呢。果然青蛙的孩子也會是隻青蛙呀。」

連她的笑聲也輕得不太自然，在耳邊留下空泛的迴響。

「您還記得家父嗎？」

「因為我是魔女嘛。」

魔女發出呵呵輕笑聲。

「魔女當然記得，魔女當然知道，一切都像昨天才發生過一樣歷歷在目呢。」

像是安爾蒂西亞問了什麼愚蠢的問題般，魔女笑著。就算是這座山脈初形成時的過往，她大概也能當成昨天的事情一樣侃侃而談吧。

「從那之後，已經過了十年了。」

「這件事我也很清楚唷。那兩個族長都死了，被傳染病奪走了生命啊，而且他們也各自留下了一名孩子呢。」

「……是的。」

魔女的低喃聲中，並沒有對過去感到惋惜的喟嘆，也沒有嘲笑已逝往者的意思。從她口中說出來的話彷若歌唱。

而被歌詠的對象是菲爾畢耶的亞狄吉歐，還有靡俄迪的蓋亞。

生在戰國時代卻英年早逝的他們，最不幸的莫過於不是死在戰場上。吹遍這山脈的死亡狂嵐摧殘腐蝕了兩位身經百戰的族長身軀，也將他們的未來啃蝕殆盡。

已走到窮途末路的他們會同時前來拜訪魔女，就像是生命中某種必然卻又奇妙的宿命。

他們在將死之際前來拜訪魔女，交換的不是刀劍而是盟約。結束漫長的戰爭，攜手開創全新的未來。

「時間已經到了，締結兩族的婚禮就要舉行。但現今的靡俄迪族長卻對婚禮有了異議，為了不讓這場婚禮付諸東流，我必須找出真正的兇手。盟約的魔女，請將您的智慧借給我吧。」

安爾蒂西亞很清楚，這樣的說明對她而言都是多餘的。

「妳說『智慧』？妳剛才說了吧，年輕的菲爾畢耶。」

果然，魔女毫不訝異，也沒對現狀多加追問，只是悠然地吞吐煙霧。

「還有不在這裡的年輕靡俄迪也是。實在可笑啊，妳說是吧？」

安爾蒂西亞偷覷她的嘴角，卻完全窺探不出半點情感。

「為什麼到這裡來？妳可是馬上就要結婚的菲爾畢耶新娘啊。魔女應該早就對妳的父親說過了——與身體無關，必須摻入血液和真心才能完成這場婚禮啊。你們早已經無法攜手共進了，因為你們手上浸染了太多鮮血啊。」

安爾蒂西亞的目光變得冷峻。這是什麼意思？她以眼神追問魔女。

「看吧。」好似那樣的目光就是問題的答案，魔女輕聲囁嚅：

「妳正露出『我什麼都不懂』的表情呢。」

魔女的說法更加深了安爾蒂西亞心中的困惑。沒錯，我就是不懂才會到這裡來啊。我想知道誰是偷走上一任靡俄迪族長頭顱的兇手，也想知道沃嘉這麼抗拒婚禮的真正理由。

「我來告訴妳一件好事情吧。稚嫩的，不懂情愛的菲爾畢耶啊。」

長長的菸管指著安爾蒂西亞，魔女的聲音就像吹拂過山野的微風般輕輕觸動耳膜，傳達神諭似地說：

「妳並不是不懂，其實妳心裡很明白。妳雖然明白，卻無法理解，所以才會說妳什麼都不知道。」

「我明白……？」

「啊啊，沒錯。來到這裡，初次見到魔女，那時妳的雙眼應該有映出妳的真心才對。雙眼就是水面，妳看見的究竟是誰呢？」

安爾蒂西亞幾乎忘了眨眼，就這麼吸入飄浮在四周的裊裊煙霧。

她彷彿聽見自己瞳孔瞬間收縮的聲音。幽暗的洞窟裡，視野歪斜扭曲，悠緩地擺盪迴轉著。

（我看到了誰？）

我看到了我認識的人。

（其實我都知道？）

靡俄迪族長。是誰斬斷了他的首級？是誰做的？是靡俄迪？還是菲爾畢耶？

拚命計算所有可能性，這麼做到底又有什麼意義？

眼前有抹人影浮動著。

不可能存在的扭曲身影，安爾蒂西亞絕不會錯認那股熟悉的氣息。

——是你。

啊啊，可是……

（為什麼？）

為什麼，怎麼會——

「安爾蒂西亞大人！」

壓抑的呼喚聲，讓原本混濁搖晃的視線焦點瞬間恢復正常。不知何時安爾蒂西亞的視線已落在地面，而不是專注在魔女身上，僅靠多茲加不濟事的軟弱聲音勉強維持住安爾蒂西亞的意識。

「……請您……確保自己的意識。別……吸進太多煙了……」

多茲加機警的建言，讓魔女揚起嘴角浮現淡淡笑意。

「還真是隻珍奇的生物啊，就像奇美拉＊註1之子一般。居然會跟隨在菲爾畢耶的族長

註1　chimera，希臘神話中會噴火的怪獸。上半身像獅子，中間像山羊，下半身是蛇。

身邊，還真是奇怪的……」

話說到一半，魔女的喉嚨深處突然逸出一聲壓抑的悶笑。

「是嗎，原來是這樣啊，這是象徵啊。時代已經改變了，而且是不斷改變著。」

「？」

安爾蒂西亞不解地抬起頭，但率先出聲的卻是多茲加。

「我們已經！」

多茲加用走調的聲音大喊：

「我們已經……沒有時間了。如果您無法給出任何建言，請您現在立刻讓我們離開吧！」

過去安爾蒂西亞在與重要人士談話時，多茲加從不曾逾越本分插話過。就算是與靡俄迪族長針鋒相對時也不曾如此。

該制止、還是該依從，安爾蒂西亞知道自己必須做出反應才行，但腦海中的思緒和舌頭卻無法隨心所欲地控制。

明明並不是在蒸氣室裡，待在屋外卻感覺汗水溢出皮膚表面，已經多久不曾有過這種感覺了？

「……建言我不是給了嗎？說出這種話實在愚蠢，可是我願意回答。為了千里迢迢來到這偏遠深山，只為與魔女見上一面的迷途者。」

拿起身旁的枴杖，魔女緩緩站起身，露出雪白的牙齒說道：

「菲爾畢耶的新娘啊。」

吁吐著輕淺的呼吸，安爾蒂西亞聞聲抬起頭。

「妳無法變成螳螂，這場婚禮也不會成功。少了一、兩顆頭並不是什麼大問題。反正再這麼下去，不用等婚禮到來，這件事終將逃不過破局的命運啊。」

安爾蒂西亞錯愕得差點想一股腦從地上站起來。不等她有所回應，魔女又說：

「妳啊，身為一名雪螳螂，不……身為一個人類，卻還欠缺了一件很重要的東西呀。妳少了那個應該要有的東西，因為沒有人給妳，所以妳才不明白啊。因為誰都不肯告訴妳，所以妳才無法理解啊。不管妳的能力再如何卓越高超，妳手中的寶劍也不過是場兒戲罷了。」

拿起放在地上的長劍，搖搖晃晃地站起身後，安爾蒂西亞以強硬的視線望向魔女。她指稱安爾蒂西亞欠缺了某樣東西，如果說心情完全不受影響是騙人的。但是，安爾蒂西亞也無法自傲地說自己是個什麼缺憾都沒有的完美君主。

「我會把欠缺的東西補足的。」

因為我並不是孤軍奮戰，安爾蒂西亞這麼說。這是她的真心話，魔女卻嘲笑這樣的安爾蒂西亞。

「所以我說妳是在欺瞞自己呀，無論何時都只是在蒙蔽妳那顆空洞的心呀。那場婚禮不過是裝飾，蠟像般的新娘是沒辦法發自真心微笑的呀。真是場滑稽的鬧劇。不管是妳、還是你們……都不會有人願意追隨的。」

「那我該怎麼做？」

她的意思是，那場婚禮有可能讓它不是以鬧劇作為結尾嗎？

就憑這樣的自己？

魔女淡淡地笑了，安爾蒂西亞感覺世界又再度搖晃震盪。

「陛下！」

肩膀突然被抓住。就連從多茲加嘴裡吐出的微弱氣音，都好像從煙霧瀰漫的世界彼端傳來一般。

「——夠了、已經夠了，我們回去吧。」

「已經夠了是什麼意思？」

睜著對不準焦距的雙眼，安爾蒂西亞喃喃吐出蘊含灼熱氣息的話語。

「安爾蒂西亞陛下，您並沒有——」

多茲加用力咬了咬牙根，擠出聲音回答。

「您並沒有缺少任何東西，一件也沒有。」

聽著他過於傲慢，堅決到讓人傻眼的確信言詞，安爾蒂西亞不禁啞然。多茲加不由分說地拉起安爾蒂西亞的手腕，轉身就想離開。「回不去喔。不能這樣回去。你是無法就這樣回去的。」魔女的聲音傳進耳裡，但多茲加並沒有停下腳步。

踩著踉蹌不穩的腳步準備離開洞窟時，魔女的笑聲也追隨般在安爾蒂西亞身後不斷迴盪。

魔女的笑聲引發某種奇妙的響動，在耳膜深處這麼低喃著。

（——菲爾畢耶的新娘啊，我來告訴妳什麼才是「真實」吧。）

走出洞窟後，觸目所及的一片雪白灼痛了安爾蒂西亞的雙眼。原本恍惚的意識突然變得清晰，恢復冷靜的安爾蒂西亞所做的第一件事，就是揮開多茲加緊抓著自己的手腕。

「放開我！」

「是……」

多茲加以極其恐懼的樣子，連忙從安爾蒂西亞身邊退離三步。

「我剛才踰矩了……」

「就是說啊。」

像在說服自己般，安爾蒂西亞喃喃開口回應，繼而邁開腳步。但行走在雪地裡的雙腳仍有些虛軟無力，讓安爾蒂西亞深感不快。

「那煙霧到底是……」

「那是會讓精神產生混淆的一種藥物，比靡俄迪使用的更強烈許多……」

多茲加往前多走了幾步，窺探著安爾蒂西亞的臉色。

「慢一點，小心一點，我會把馬車牽到最近的地方來。」

「我沒事。」顯然多茲加並沒有聽進這句話。望著他向前奔去的背影，安爾蒂西亞忍不住嘆息，這傢伙也太自以為是了吧。

就連原本令他膽怯不安的冰凍湖面，此刻竟也能毫不猶豫地大步邁過。

安爾蒂西亞緩緩踩在凍結的湖面上，就在她剛走到半途的時候——

（？）

是我的錯覺嗎？

腳下似乎傳來地面震動的聲響。

這樣的念頭才浮上腦海，卻已經太遲了。

轟咚！好似有什麼東西從地底冒出來，發出劇烈響聲。

「！」

大地的震動猶如咆哮怒吼。腳下的地面頓時一空，身體也跟著傾斜。

視野像被倒轉般迅速旋轉迴繞，連血液都不曉得該往哪個方向流才好了。

——要掉下去了。

崩塌的不是山，崩塌的大地簡直像流沙地獄般恐怖。

迅速被蒼白吞噬滅頂的意識，還聽見有人正叫著自己的名字。

「安爾蒂西亞大人！」

啊啊，是多茲加。

不行，你別過來，因為這裡只有一片白……

（我來告訴妳什麼才是「真實」。）

在旋轉的世界中，安爾蒂西亞望向身後。

洞窟的入口處，拄著長拐杖的魔女臉上掛著天真無邪的微笑。

她的腳下是充滿黑暗而什麼都看不見的洞窟，是黑影——難道是惡魔？雖然安爾蒂西亞沒有見過，腦袋中卻浮現這個名詞。

踩踏著黑色的影子，盟約的魔女開口說：

（被定下契約的孩子啊，這就當是我對婚禮的贈禮吧。）

黑暗的世界吞沒了一切，刺骨的冰寒水流帶來一陣陣痛楚。

意識被蠶食了，最後傳進耳裡的是輕聲的耳語。

（——讓我來告訴妳，一個很久很久以前的故事吧。）

於是，安爾蒂西亞的意識，完全斷絕。

間章　冰底的追憶

有股人體被灼燒的焦味。

混合在吹過山野的冷風中，衝擊著鼻腔黏膜。拉下覆住口鼻的布巾，抬起頭凝神細望，遠方的一抹灰煙正緩緩升上半空。寂寥、孤伶伶的，還能看見那孤寂的靈魂隨著山脈的微風飄搖，沒一會兒就被吹散了。

「……是火葬啊。」

走在最前方的男人也注意到了，才用低沉的嗓音喃喃說著。

現下是黃昏時刻。

「回去的路上——」

「不行。」

刻意打斷他未竟的話，走在身旁的女人口氣嚴厲地拒絕。女人的腰間懸掛著兩把彎刀。不只女人，在場所有征戰部隊的成員身上都穿著以獸皮和金屬縫製成的戰鬥裝備。

這便是嗜戰民族．菲爾畢耶最堅韌耐穿的戰甲。帶頭的一男一女身影也極引人注目。

男人是菲爾畢耶的族長，護衛在他身旁的女戰士則是他的親信。

像是為了揮散遠處徐徐飄升的灰煙，不知何時身旁的空氣也漸漸變得混濁了。從雲層縫隙間灑下的微光映照著四周景物，拂過身旁的晚風除了颳起空氣中的塵埃之外，還混雜了綿密的雪片。

雪片一觸碰到人體就會化成水，在落地的瞬間又凍結成冰。那是這座山脈所流下的淚水，人們常常這麼形容。

那一天，菲爾畢耶結束了與靡俄迪的戰鬥，正在回程的路上。

走在前頭的族長本想把帶領部隊回部落的責任交由身旁的女戰士負責，卻被她二話不說否決了。這個族長動不動就會任意行事，倒也不用事事都依著他。不管是非與否，她通常都是毫不猶豫地先拒絕再說。

因為她是族長最重要的左右手。

「……我不能讓您一個人亂跑。」

族長在防護面具底下的臉綻開了淡淡笑意。因為山脈冷冽的空氣會劃傷皮膚，所以無法放聲大笑。雖然包覆在厚實的外套底下，但他仍擁有一張輪廓深邃且精明強悍的臉孔。

「妳不覺得，妳對我太過保護了嗎？」

儘管五官端正，但仍是張比實際年齡更滄桑，受到歲月刻劃留下皺紋的臉孔。相對地，女人雖然掩不住浮現在面容上的疲憊神態，卻擁有年輕美麗的青春容貌，而且與族長還有幾分神似。

他們兩人藏在外衣底下的眼珠顏色都很淡，也都擁有一頭銀髮。那是在菲爾畢耶一族中，擁有濃厚血統才會特別顯現在外表上的雪原之色。

「我什麼時候保護過族長了？」

「別謙虛了妳。」

族長沒有繼續和女戰士閒聊下去，而是召來一旁的戰士交代事情。所謂的事情，就是要大隊人馬加快腳步趕回部落去。

那一天的戰鬥，菲爾畢耶的戰士們並沒有受到什麼致命的傷害，只是因為發動突擊而有些皮肉傷罷了。但也因為那場突擊，才順利抓到兩名一息尚存的靡俄迪士兵，現在可沒有繞道的閒情逸致。

真希望能早點讓這群疲憊不堪的戰士早點回到部落好好休息。當然，也希望眼前的族長能真的好好放鬆一下。

「……走囉，蘿吉亞。」

族長駕馭著胯下的雪獸繼續向前行，她當然也緊緊跟隨其後。

「知道了。」

菲爾畢耶的族長，他的名字叫亞狄吉歐。

而護衛在他身側的，是她的親妹妹，白銀蘿吉亞。

生在這場戰爭的開始與結束，率領菲爾畢耶一族的兄妹。

這便是生為蠻族的真諦，也是與蠻族最相襯的，最後的戰國時代。

又是黃昏……蘿吉亞幽幽感受著。

乘著雪獸前進的同時，陽光的亮度也逐漸微弱。離日落還有一些時間，但橫掃過山野的狂猛風勢就像把利刃，一陣接著一陣磨利了它的鋒芒。夜晚就快降臨大地，冬天也即將造訪這座山頭了。

西斜的夕陽迅速收回灑在四周的橘紅微光，同時也奪走這片土地的溫度。季節直逼最寒冷的白色黑暗。

伴隨著痛楚的寒冬，再過不久就會覆蓋這座連眼淚都會為之凍結的山脈。

「……亞狄吉歐大人！」

為了送葬，面色憔悴的菲爾畢耶人們圍繞著不怎麼溫暖的篝火，一見到自己的族長，仍是反射性地立刻跪地迎接。

「不可以，怎麼能讓您這樣的人……」

「沒有關係，讓我為他弔唁一下吧。」

為了弔唁死者特地前來的亞狄吉歐輕聲開口，失去一家之主的寡婦只能滿懷感謝地垂下雙眼。

「能得到亞狄吉歐大人這麼一句話，他就算是在那種狀況下死去，也能回歸山林吧。」

最後一句話輕得像是夢囈：

「……就算他的屍骨都已化成了灰……」

那是比已經哭乾的淚水更刺痛人心的遺憾。

對這座山脈的居民而言，火葬是極不名譽的葬禮。

會以這樣的葬禮作為生命終點的，除了被判處死刑的罪人之外——就只有因詛咒或重病而辭世的人而已。

我已經看慣了，蘿吉亞心想。幾乎教人感到厭膩，這樣的場景今年已經數不清到底出現過幾次了。

應該說些弔念的話，但溼冷的夜風一吹來，就拂痛了嘴唇與喉嚨，輕而易舉奪走到嘴邊的聲音。

——詛咒的狂風，正在侵襲這座山脈。

這種病到底是什麼時候開始傳染開來的已經不得而知了。並不是太久之前的事，但卻是這幾個月才逐漸浮出檯面。

誰都不認為這是傳染病，就算親眼目睹過死者的模樣。一開始只是很普通的身體不適、容易感到倦怠，幾天內便出現眼窩凹陷、暴瘦、吐血的症狀，接著就是不適到連一點力氣都使不出來，最終衰弱至死。

患上這種怪病的人在菲爾畢耶的部落裡先是出現一個、然後又一個。

『這是靡俄迪的詛咒。』

蘿吉亞粗吼著說出自己的想法。

原本親密的戰友全在短短幾星期內一個接一個倒下死去。

他們可都是勇敢無懼的菲爾畢耶戰士。應該是持劍奮戰，最後戰死沙場的人啊。

本就白皙的臉頰因憤怒變得更加蒼白，蘿吉亞對亞狄吉歐大聲吼叫。

『都是那群該死的邪教信仰者靡俄迪……居然使出這麼卑鄙的咒術！』

相對地，亞狄吉歐的眼神仍舊平靜。

『蘿吉亞，妳是這樣想的嗎？』

『除此之外還有其他可能性嗎，族長！』

狂人靡俄迪會使用菲爾畢耶所不知道的詭異咒術。

如果是這座山脈自古流傳的術法，菲爾畢耶大概也略懂一二。但他們使用的是來自外界，不屬於這片山野原有的文化。

而這樣的衝突，也是點燃兩族血戰最初的火種。

他們使用的咒術已經不在菲爾畢耶的理解範圍內——如果說，他們真的使用那種咒術來殘殺菲爾畢耶一族的話……

對菲爾畢耶而言，那可是比被利劍千刀萬剮更大的屈辱。

開戰吧！蘿吉亞激昂地喊出自己的想法。

『為了一雪我族的憤慨，一定要讓靡俄迪嘗嘗死亡的痛苦！』

從她開始的菲爾畢耶就憑恃著這股激情，獵殺了為數眾多的靡俄迪。

雙手緊握刀劍，隨著戰歌懷抱死也不足惜的深刻覺悟，殲滅了大量靡俄迪的戰士。

山脈染上血色，靡俄迪的士兵甚至連同袍手足的屍首都無法帶回他們的家鄉。

沾染在身上的敵軍鮮血被寒冷的氣溫迅速凍結，趁還沒增加重量之前趕緊甩落，蘿吉亞的雙眼緊盯著蹲在戰場上的亞狄吉歐。

『……族長？』

『蘿吉亞，妳過來看看。』

他用腳尖指了指，那是一包屬於靡俄迪士兵的行李，而放在裡頭的是——

一顆失去生命早已結凍的靡俄迪士兵頭顱。

蘿吉亞不由得蹙起眉頭。看到戰死的屍首還會倒抽一口氣的纖細情感她早就丟開了，只是無法理解亞狄吉歐叫她看這種東西究竟有什麼意圖。

『要我看什麼……』

亞狄吉歐的雙眼嚴肅地皺起，他靜靜地開口說：

『妳看這顆頭顱的眼窩都凹陷了，這可不光是血被放光的關係喔。』

『？』

『——靡俄迪的士兵，同樣也感染了那個詛咒。』

因為靡俄迪人民信仰的關係，通常會將死者的首級帶還給家屬。在這場戰爭開打之前，他們也會割下因病去世之人的頭顱，這並不是多值得大驚小怪的事。

但這顆頭顱上，卻看得出那種病症留下的痕跡。

亞狄吉歐的說法，讓蘿吉亞失去了言語。

『怎麼會……』

這個時候，襲向蘿吉亞的是絕望與畏懼。

如果這是靡俄迪的詛咒，只要殲滅施術者就能劃下句點。用威脅的手段也好，就算殺了對方蘿吉亞也覺得無所謂。

但是，如果這種病將會蔓延整座山脈……

『別擔心，這麼一來只是讓我們與他們的條件變得一樣罷了。』

看著面無血色的蘿吉亞，亞狄吉歐的表情絲毫未變。彷彿他早就猜測到這樣的結果。

『若靡俄迪真有法力那麼高深的咒術師，他們應該早就針對我下蠱攻擊了。』

可是我還活得好好的，所以用不著那麼驚訝。

微微瞇細了那雙色素淺淡的雙眼，亞狄吉歐低聲說著：

『我和蓋亞，不管什麼時候死掉都不足為奇啊……』

『族長！』

那個時候，亞狄吉歐究竟是想到什麼，才會露出那種笑容呢？

一直到今日，蘿吉亞依然無法完全猜透亞狄吉歐內心真正的想法。

『這場戰爭不會再拖太久了。』

想到這裡而意志消沉的蘿吉亞，忽然發現眼前有一大片雪花紛墜，不禁抬起頭來。

前方的亞狄吉歐正走向菲爾畢耶部落。天色暗了，難得會在這片山野看見如此輕柔的大片雪花紛紛從天而降。宛如從天使手中輕輕灑落的棉絮。當雪獸踏過片片雪花時，還會發出獨特的聲響。

山脈的冬天總是蒼白而黑暗，但也不是日日夜夜都這樣一成不變。當冬天剛降臨時，灰褐中會帶點青藍的色調，連包圍周身的冰冷也美得如夢似幻。

蘿吉亞瞇細眼睛。從肺部深處吐出的呼吸化成淡淡的白霧飄散在半空中。

她無法不想起，前一刻才看見的那抹細長火葬灰煙。

啊啊……從唇邊逸出的白色霧氣是否也是我的靈魂呢？蘿吉亞不著邊際地胡思亂想。

「蘿吉亞！」

前方傳來叫喚，蘿吉亞立刻駕著雪獸走向前。

「是。」

亞狄吉歐的雙眼依然直視前方，蘿吉亞只能窺見遮掩在布巾底下的側臉一部分。

亞狄吉歐的語氣有些沉重。

「回鄉稍作休息過後，到我的房間來一趟……我有話跟妳說。」

蘿吉亞的視線強而有力，尖銳如刺地反問。

「是關於這場戰爭的走向嗎？」

「——嗯，沒錯。」

亞狄吉歐毫不遲疑地點了點頭。

蘿吉亞似乎聽見自己的心臟正強烈地鼓譟躍動。

那些橫流的血液都已凍結，這座山脈的冰血戰爭就要結束了。對蘿吉亞而言，這是完全無法想像的狀況。也可以說是生在戰爭中的孩子宿命。

可是，如果這場戰爭真的要結束，蘿吉亞確信一定是由菲爾畢耶取得勝利。

事實上，這段日子以來，菲爾畢耶的戰績絕對足以拿來誇耀自滿。再加上時序已邁入冬季。

——這個冬天，將會有一場大整頓。

山脈裡的蠻族愈是面對刺骨寒冬，愈能發揮真正的價值。就將一切都賭在這個冬季吧。這座山脈的冬天，將是蠻族的冬天。

一回到菲爾畢耶部落，在參加凱旋晚宴之前，蘿吉亞先洗了個蒸氣浴，再換上一身深紅的裝扮。菲爾畢耶的女性本來就不算嬌小，而蘿吉亞在其中更顯得高䠷修長。經過鍛鍊的柔軟身體就算穿著厚重的戰甲，也絲毫無法掩藏她曼妙的曲線。

長長的銀髮就像平時一樣紮成一束，在唇上抹了點胭脂。菲爾畢耶女人身上的紅豔胭脂不但是她們的裝飾，同時也是為了將靈魂封存在身體內的一種咒語，更是用來防止皮膚裂傷的藥物。

她還很年輕，但要說像個女人的部分也只有那艷紅的胭脂，即使穿上女性嬌媚的服飾，依然無法隱藏打從骨子裡散發出來的激烈情感。

打扮完畢後，她先來到關著靡俄迪俘虜的牢房。雖然被嚴密看守著，仍是給了他們一處可以放心休息的溫暖地方。

「這是族長的指示嗎？」

「是的。」

負責看守的菲爾畢耶士兵答道。蘿吉亞點點頭。

「那就麻煩你多費點心了。如果要進行拷問，就由我來。」

蘿吉亞說得理所當然。對戰鬥民族菲爾畢耶來說，那種教人痛不欲生的折磨手段與他們的美學互相違背，但會生擒尚有一口氣的靡俄迪俘虜，亞狄吉歐應該也有他自己的想法吧，蘿吉亞完全可以理解。這場戰爭已經漸入佳境，能派得上用場的圈套或手段就算與菲爾畢耶的榮耀有些背道而馳也無所謂，她是這麼認為的。

手持煤油燈走出戶外。雪已經停了，外頭的寒冷凍得肌膚生疼。

裸露在空氣中的下顎和脖頸感到一陣陣寒意，連帶讓皮膚竄起一片雞皮疙瘩，血管也跟著收縮。

真是個明亮的夜晚啊。這片山野，比起被大雪覆蓋的荒涼白日，沒有雲朵遮蔽的夜晚反而還明亮澄澈得多。如果吹熄燈火，應該更能增加星星與這片雪景的亮度吧。

蘿吉亞其實並不討厭能夠輕易奪走人體溫度與生命的山脈夜晚。

瞇著眼望向無垠天際，心裡突然浮現一種想法，如果要死，最好是死在冬季。

一定是死於戰爭吧。蘿吉亞有預感，自己應該不會因衰老而死。而是拖著淌流鮮血的無力身軀沉入皚皚白雪中，一同回歸星辰。

將這副身軀回歸山脈大地，蘿吉亞靜靜地想著。

白色的吐息從唇邊逸出……還不是現在，這團白霧還不是我的靈魂。

嘰，忽然某種細微的聲響傳進蘿吉亞的耳裡。

在明亮的夜色下，那個凝視著自己的小小身影正朝蘿吉亞一步步走來，是一位少女。銀色的長髮與蘿吉亞極其相像，白皙的陶瓷肌膚也跟蘿吉亞一樣，但比終年奔走於戰場的蘿吉亞更細緻光滑，更因為稚嫩而多了分透明的纖細感。

少女的臉頰因寒冷凍得紅通通，吁吐著白色氣息，她抬起頭望向蘿吉亞。

那純然的美麗彷若冬天的精靈。擁有同樣色彩的兩人彼此互望的這一幕，彷彿幻想中才有的情景。

「您能平安歸來，真是太好了。」

從少女緋紅的唇瓣吐出的，是與她稚氣外表全然不符的成熟低喃。

「是啊。」

蘿吉亞瞇細了眼，頷首道。

「這是當然的呀，安爾蒂西亞。」

蘿吉亞的回答同樣也存在著疏遠的距離感。

名叫安爾蒂西亞的少女點了點頭，就像對理所當然的事情點頭表示肯定一樣。方才從少女口中吐出的那句話，之所以會感到有哪裡不太對勁，全是因為比起對親人平安歸來的喜悅，更能感受到僅是出於禮數的慰問。明明是稚嫩得連走路都讓人不太放心的小孩子，那冷然的目光和平靜的說話語調就是讓人覺得很不自然。

少女名叫安爾蒂西亞。現在還未滿五歲。

她和蘿吉亞之間確實存在著血緣關係，但兩個人並不是母女。

「父親正在房裡等您。」

呼吐著白色霧氣，安爾蒂西亞這麼對她說。「知道了，我現在就過去。」得到蘿吉亞的答覆後，安爾蒂西亞便轉過身，回到溫暖的屋子去了。

她的腰上懸掛著一把小小的短劍。現在還只是用來裝飾的短劍，卻已指出她將來的人生方向。

安爾蒂西亞是蘿吉亞的哥哥、也就是現任的菲爾畢耶族長．亞狄吉歐的獨生女。

安爾蒂西亞的母親，那個曾是亞狄吉歐妻子的女人已經不在了。她不曾持劍，但在蘿吉亞的記憶中，她同樣是菲爾畢耶的女人。雖不如蘿吉亞美豔動人，仍是個情感豐沛，綻放出耀眼光芒的女性。

她以令人愛憐的純真和剛強深愛著亞狄吉歐，產下了安爾蒂西亞後，也為了守護她而死去。

菲爾畢耶的女人被稱為雪螳螂。因為愛得太深，傳說還會將心愛的男人拆吃入腹。她說不定也曾經想把亞狄吉歐吃進她的身體裡，融為自己的血肉吧。自從她去世之後，亞狄吉歐依然是個勇敢的偉大君主，只是再也感受不到他以往的霸氣了。

她被靡俄迪兇惡的刀劍刺穿了身軀而離開人世。總有一天，安爾蒂西亞也必須一肩擔起菲爾畢耶一族的未來吧。

安爾蒂西亞轉身離開後，蘿吉亞並沒有立刻追上。她對她當然不是沒有感情，只是有太多情緒讓她不得不對她這麼疏離。也許是因為當時她沒有好好保護安爾蒂西亞母親的罪惡感作祟，也或許是沒有生過孩子的女人不曉得該如何與小孩子相處的關係。

常有人說，比起她真正的母親，安爾蒂西亞與蘿吉亞反而更相似。

也許真是如此吧。圍繞在那小小少女周身的冰冷氣息是屬於亞狄吉歐的，同時也是屬於蘿吉亞的。但就是因為太相似，蘿吉亞才無法理解。就像……她從來沒有理解過自己一樣。

那個小小少女的冰冷眼瞳究竟在注視什麼？懸在她腰際的短劍現在雖然還只是裝飾品，但等到她能執握刀劍保護自己時，不懂如何哭泣的安爾蒂西亞到底還剩下什麼？

蘿吉亞覺得，是有那麼一點可悲。

戰爭結束後，剩餘的未來會是怎麼樣的情景？自己和亞狄吉歐都是為戰而生、為戰而死的嗜戰子民，這才符合菲爾畢耶的美學，也的確是幸福的，蘿吉亞從來不覺得後悔。但從今以後呢？她能給安爾蒂西亞的教育只有劍術，這樣真的好嗎？又或許安爾蒂西亞也會為了仍未結束的戰鬥而存活、然後死去嗎？

（——思考這些事情……太不像我了。）

垂下視線後，蘿吉亞才發現自己的睫毛已經因寒冷而凍結成霜。看來自己站在屋外吹了太久的冷風，原本柔軟的臉頰都僵硬了，好像連身體的芯都失去了溫度。

（我必須繼續戰鬥下去。）

往前踏出一步的蘿吉亞心裡想著。

（因為我是菲爾畢耶。）

光是想像戰爭結束後的狀況，就好像自己的人生也一併被劃上休止符了。

劍與劍、血與肉的戰爭。

在狂人靡俄迪一族中，她有顆非得親手砍下的頭顱。

這才是戰鬥民族菲爾畢耶的榮耀。

這就是我活在這個世界上的意義，蘿吉亞甩掉沾覆在髮絲上的冰霜，跨開大步朝亞狄吉歐的房子走去。

燃燒的木材發出嗶嗶啵啵的響聲。

「——咦……」

蘿吉亞茫然佇立著，在她面前是已經換上居家服飾安坐在椅子上的亞狄吉歐。他把手肘靠在鋪了動物毛皮的枕椅上，沉靜地對蘿吉亞開口。

他說得很慢、很仔細，但……蘿吉亞聽不懂他到底在說什麼。

「妳沒聽到嗎？」

亞狄吉歐出聲，那並不是疑問的語氣，卻是在對蘿吉亞落井下石。就像面對一個將死之人，還狠心多補上一刀。

「哥哥，你說……什麼……」

蘿吉亞的臉龐在火光照耀下卻鐵青發白。亞狄吉歐輕輕吁出一口氣，把剛才說過的話又重覆了一次：

「我要和靡俄迪的族長對話。所以我打算把那兩個靡俄迪俘虜交還給他們，好替我傳話。」

「為什麼？」

蘿吉亞激動地探出身喊道。

「為什麼？為什麼事到如今還要這麼做！」

「為什麼？事到如今？我可不這麼想。」

亞狄吉歐舉起放在手邊的白樺酒杯飲下一口，十指交握將上半身傾向前。

「應該是說，時候已經到了。現在的靡俄迪居於劣勢，我想他們應該不會拒絕。這場戰爭實在很沒有意義，妳難道不這麼認為嗎？」

「太愚蠢了！」

蘿吉亞不屑地吐出這麼一句。唇角還扯著痙攣似的笑意。

「靡俄迪是多麼暴虐無道，難道哥哥都忘了嗎？他們把光怪陸離的法術和山下的風俗引進我們居住的這座山脈，只要一開戰就會使出卑劣手法屠殺我們的同胞！我們的父親和母親，都是被那群該死的邪教徒給殺掉的呀！」

「是啊，不過我們同樣也砍下了許多靡俄迪的頭顱。」

「這麼做是理所當然的！」

至親的血液顏色和被死亡籠罩的氣味，至今依然清晰地殘留在蘿吉亞的心底深處。

上一代的族長，亞狄吉歐兄妹的雙親同樣死於戰爭，他們都是被靡俄迪所殺。為了呼應他們的暴虐，菲爾畢耶也砍下了靡俄迪族長的頭顱。兩族領袖的頭顱被割下來示眾，從上一代延續到這一代，世代交替卻仍未停歇的戰爭，在蘿吉亞的記憶中也是最慘烈悲壯的一場戰事。

當時蘿吉亞還無法站上前線作戰，只能以被守護的姿態待在哥哥身旁。究竟是如何跨過那黑暗的時代的？自己雖然也置身其中，但那段日子卻是教人連回憶也不敢的恐怖惡夢。

「我們所受的屈辱實在太多太深了！砍下他們的頭是理所當然的，況且那傢伙……那個男人！」

就算那個失去父母、沾染滿身鮮血抱著刀劍狂奔的回憶像是場殘夢幻影般不甚真實，可是有一幕情景卻鮮明地刻劃在蘿吉亞的腦海裡，彷彿仍在倒敘播放般清晰如昨。

當時的戰爭燒燬了部落，族人為了尋求新的住所而迷惘不知所以。菲爾畢耶與靡俄迪都失去上一代族長，身心皆已疲憊不堪，心中雖然燃燒著猛烈的憎恨之火，卻也無力再進行下一場攻防。事情就是發生在這個時候——

趁著迷茫的白色黑夜，身上披著破爛老舊的護具，有個男人攻進了菲爾畢耶的中心陣營。

他只率領少數幾名善於夜戰的精英。意識到箭矢齊飛時，卻也為時已晚。

靡俄迪的箭矢貫穿的，是當時由蘿吉亞所保護、站在她身旁的一名女子。因為必須抱著稚子隨時給予溫暖，所以拒絕穿上護甲的菲爾畢耶雪螳螂。

『嫂嫂！』

鮮紅的血液從她背上不停噴出，濡溼了一大片。

一邊揮開如冰雹般不斷落下的箭矢，蘿吉亞拚命地想救助倒在雪地上的嫂嫂。

『……不行，不可以……』

內臟被箭射穿的嫂嫂一張嘴就溢流出大量鮮紅，當她的生命就快走到盡頭時，也更用力抱緊了懷裡的孩子。

『不能讓……這個孩子被搶走……』

嫂嫂所承受的一切痛苦都是為了守護她心愛的孩子。被她擁在懷中的安爾蒂西亞只是睜著圓圓的大眼睛，從頭到尾都沒有發出半點哭聲。

突然箭雨停了，一個男人走向前來。

肩上披著靡俄迪鮮豔的族紋，是敵族的男子。

『搞什麼？穿得那麼雍容華貴，我還以為是蠻族的頭頭呢，沒想到居然是個女人啊。』

那聲音低沉渾厚，不屑地吐出輕率言詞，蘿吉亞大概一輩子都不會忘記這一刻吧。

『真無趣，居然搞錯人了。』

那聲低語，比世界上最銳利的刀劍更殘忍地刺穿了蘿吉亞的心窩。

是誰？

說了那句「搞什麼」？

『你這該死的！』

蘿吉亞壓抑不住激動的情緒立刻執起長劍，用力朝男人揮砍。

但男人輕而易舉地避開了。

氣極攻心的蘿吉亞拚命揮砍手中的武器，男人卻遊戲似地將她的攻擊一一彈開，突然使出一擊撕裂她的肩膀，兩人之間終於隔開一段距離。

帶著笑意的眼瞳是漆黑的色澤，他的頭髮和鬍渣也是同樣的黑。他粗暴地將蘿吉亞摔在雪地裡，不屑地開口：

『退下去，妳這隻母蟲子！』

從他口中吐出的話是名為屈辱的暴風雪，令蘿吉亞的腦子都為之凍結。

耳邊傳來聽見騷動聲而前來關注的菲爾畢耶族人踏過雪地發出的聲響，男人狂妄笑道。

『今天就先來跟你們打聲招呼。女人，把我接下來所說的話帶給你們的族長，蠻族的亞狄吉歐！』

將偌大的劍扛在肩上。

他像惡魔那樣笑著。

『我名叫蓋亞，是被蠻族吃掉的靡俄迪之子。從今以後，靡俄迪的未來就由我一肩扛下了。』

她將這個名字深深刻在心裡了。

他悽絕的笑容就是用來刻畫的利刃。

『我以數百名靡俄迪的死者靈魂起誓——』

他甚至沒詢問過蘿吉亞的名字。

『必將蠻族趕盡殺絕！』

強烈的憤怒與屈辱，讓蘿吉亞僵在原地一動也不能動。這一幕情景，讓蘿吉亞懊悔地多次在夢中重溫。

那一夜。

流洩滿地的鮮血。

絕望的色彩。

蓋亞所說的話。

蘿吉亞絕對、絕對不會忘記。

「——我一定要砍下靡俄迪蓋亞的頭顱！」

用力咬緊牙關，蘿吉亞憤恨地從牙縫間擠出聲音。這是她對自己的誓言，為了達成這個目的，她才能拚命、就算吐血也不斷地鍛鍊自己。她的靈魂負載著無法消失的傷痕。

一切都只為了屠殺那個男人。

亞狄吉歐交疊著雙手，那目光彷彿看穿一切般靜靜望著神情憤慨的蘿吉亞。蘿吉亞氣憤地發著抖說：

「為什麼要和他對話！那個男人可是殺了我們的父母、殺了嫂嫂的該死靡俄迪啊——」

當蘿吉亞脫口說出「嫂嫂」這兩個字時，亞狄吉歐臉上瞬間多了抹陰鬱愁緒。是啊，亞狄吉歐怎麼可能不憎恨靡俄迪。

然而，亞狄吉歐只是默默垂下雙眼，用幾乎感覺不到溫度的低沉聲音說：

「……殺了大家的，真的是靡俄迪嗎？」

這是什麼愚蠢的問題，在蘿吉亞發飆大喊之前，亞狄吉歐又接著說：

「真的是靡俄迪嗎？難道不是這場戰爭本身害死大家的嗎？」

蘿吉亞用力咬緊牙根。

（嫂嫂，我怨恨妳……！）

妳是那麼溫柔，妳是那麼美麗優雅，妳是個如假包換狂猛噬人的雪螳螂。

所以亞狄吉歐的魂魄早已被妳吞噬，將他的心一起帶入黃泉底下了。

「族長，難道你忘了蠻族的驕傲嗎！」

從孩提時代開始，蘿吉亞始終追在哥哥身後。她很清楚，總有一天亞狄吉歐一定會成為一族之長帶領菲爾畢耶，而自己也將一生追隨在他身後。

因為有他，自己才會握緊刀劍。原本應該是這樣的。

比任何人都要強壯勇猛的哥哥，居然說出如此沒出息、讓人痛心的話。

如果亞狄吉歐辦不到，蘿吉亞打算自己率領菲爾畢耶的戰士，站上戰場最前線。

可是，亞狄吉歐的回答卻為蘿吉亞的覺悟帶來更深的絕望。

「……蘿吉亞，妳是沒辦法砍下那傢伙的頭顱的。」

眼前彷彿渲染了一整片豔紅。

就像那一天，沾了滿身的血色。

屈辱隨著記憶與鮮血逆流回溯。

「為什麼，這是為什麼！我可是菲爾畢耶啊！」

這等灼熱便是生命。

這等血性便是我菲爾畢耶的寶藏。

「我是戰士，我就是高傲的寒冬雪螳螂！」

不知何時，蘿吉亞已經垂下頸項，痛苦地用手遮覆住自己的視線。亞狄吉歐沉重而厚實的手擱在她的肩上。

「奪去那麼多生命的，並不是刀劍。」

我不懂。

我什麼都不懂。

「——這是族長的命令，絕對不准違背。」

眼前一片黑暗，就像被覆上一層又一層厚厚的帷幔。

蘿吉亞緩緩抬起頭，依偎般將身體貼近與自己一起活過來的哥哥，豔紅的嘴唇顫抖著出聲：

「……我……知道了……」

但蘿吉亞的心中已偷偷有了決定。

於是，雪螳螂族長的妹妹．白銀蘿吉亞背叛她敬愛的兄長，決定為了貫徹自己的驕傲而殉身。

在亞狄吉歐嚴肅地下令後，蘿吉亞心裡也有了決定。雖然向敵方陣營傳達亞狄吉歐想進行對話的意思，但她也在靡俄迪俘虜的耳邊輕喃，擅自將傳話內容做了些許更改。

「——回去告訴靡俄迪的族長．蓋亞，菲爾畢耶已經得到能對抗蔓延這座山脈咒病的有效解藥了，如果想要我們分一點給靡俄迪，就必須來場交涉。菲爾畢耶的族長亞狄吉歐，會隻身前往寶城遺跡等你前來。」

寶城的遺跡。

那是座落在這座山脈的深處，被風雪禁錮隔絕，早已廢棄的古城之名。

聽說過去曾有個國王統治了整座山脈，不過如今那座城堡已經不屬於任何人了。

而這白堊岩的殘骸，也被稱作安魯斯巴特山脈的聖地。

「若想得到治病的妙藥——務必一個人前來。」

指定見面的日期，比亞狄吉歐相約交涉的日子早了一天。

她決定單獨前往，一個人完成這場戰鬥。為了見到蓋亞，才刻意編了有妙藥可治咒病的謊言，其實亞狄吉歐只說了「那個男人會來。」而已。

亞狄吉歐說，若要求他隻身前來，他就一定會出現。

蘿吉亞也同意這一點。

那個男人會來。

蓋亞會來。

迎擊的事，就交給我一個人吧——光是這麼想，不知為何蘿吉亞心中就騷動得難以平復。

——我要讓邪教信徒靡俄迪嘗到絕望的滋味。

還有，要告訴那個男人——

我的名字。

蘿吉亞的背叛，或許上天比亞狄吉歐更為憂心。那一天，山脈的天空彷彿也凍結了般，對世人張開獠牙。

隨狂風颳來的碎冰片幾乎要割裂肌膚。

這樣正好，蘿吉亞心想。

這樣的氣候，最適合決一死戰，她笑了。

黎明到來前，蘿吉亞已經換上跟哥哥亞狄吉歐相同款式的戰鬥裝備。為戰而生的菲爾畢耶部族，自古就有為族長找個替身的習俗存在。現在雖已廢止了族長替身的習俗，但蘿吉亞偶爾還是會扛下替身的任務。蘿吉亞和亞狄吉歐的身高雖然有些差距，但在大雪紛飛的戰場上，還是能輕易欺瞞敵人的判斷力。

蘿吉亞也知道，假扮亞狄吉歐的身分要不了多久就會曝光的。

自己的計畫，一定會被哥哥識破。

只不過，這場戰爭也沒必要花費太多時間就是了。

彼此交流的並不是言語，而是殺人不眨眼的刀劍。

寶城遺跡的那片石壁上布滿厚厚一層雪霜，凍成雪白的樹林在歷經數百年的光陰後，依然巍峨矗立著。

終於，出現了雪獸與男人的身影。

在這片白色的黑暗中，蘿吉亞握緊手裡的長劍，滿心歡喜地迎接出現的身影。

「——颳起暴風雪了呢，螳螂殿下！」

這是靡俄迪所說的第一句話。雖然用外衣遮掩了大半張臉，但那幾乎震痛耳膜的聲音依然不受阻礙地傳到蘿吉亞心裡。

不會錯的。

是那個男人。

蓋亞踩著自信滿滿的腳步，沒有一絲躊躇地往蘿吉亞走來。

「風雪這麼大，根本無法好好說話！真受不了！」

蓋亞呵呵大笑，他的笑聲被吹散在紛飛的風雪中，聽起來無比遙遠，卻又如此清晰。

蘿吉亞沒有出聲回應，只是從劍鞘裡拔出了長劍。

「喔？」

蓋亞停下了腳步。

「現在是什麼狀況？」

「就是這麼回事。」

蘿吉亞拿下覆住臉龐的面具，扔向一旁。

裸露在風雪中的是豔紅的嘴唇，激情而美麗的表情，蓋亞低低吹了聲口哨。

「怎麼？」

不曉得他還記不記得這張容顏。蓋亞只是晦暗地笑了笑。

「妳特地拜託我來結束掉妳這條小命嗎？」

顯而易見的嘲笑。但蘿吉亞知道，自己根本用不著為了這種小事而動怒。此刻的心境很寧靜。寧靜中，也確實存在著暴風雨般凶猛激烈的狂騷。

「我願賭上雪螳螂的榮耀，代替菲爾畢耶的族長．亞狄吉歐，以數百名菲爾畢耶的死者靈魂起誓——」

蘿吉亞默默擺開架勢。

「——今日，我就要取下你的首級。」

掠過臉頰的寒氣令全身凍結麻痺。紛飛的細雪刀刃若想割毀我的肌膚那就割吧。在戰場上，美貌毫無用武之地。

蓋亞扭曲了唇角。他全身包覆在厚實的外衣底下，蘿吉亞只能勉強窺伺出這一點表情。

「真是的……」

他緩緩抽出劍，扛在肩上。

「妳就是為了這件事，才特地一個人跑到這裡來嗎？我還以為妳多少有些腦袋呢……所以說，菲爾畢耶就是群食古不化的笨蛋嘛。」

我只問妳一件事，蓋亞出聲。不時颳起的暴風雪阻礙了視野，但仍阻擋不了他所說的話。

「……妳說有治癒咒病的妙藥，這是真的嗎？」

短暫的沉默過後。

蘿吉亞靜靜地回答：

「對邪教徒靡俄迪而言，死亡才是最好的特效藥吧。」

說得沒錯，蓋亞嗤笑。

戰爭，一觸即發。

揮動刀劍的手腕感到無比沉重。

四周是永不止息的紛飛雪舞，還有撕裂肌膚的冰刃風暴。再過不久，雙腳也會陷在雪地裡難以動彈吧。

寒氣凍結了心肺。手裡執握長劍，兩人維持一定的距離對峙著。

——對手是可憎的，靡俄迪的族長。

心中瘋狂叫喊，蘿吉亞認為，自己就是為了貫徹這一點而活著。身為一個蠻族，這就是自己存活在世的意義。

過去的自己太不成熟，所以才失去許多重要的東西——全都是，被這個男人掠奪的。

只要殺了他，這場戰爭就能結束了。這將是菲爾畢耶的勝利。在雙方的援軍到來前，就用這把劍斷送他的命。砍下他的頭顱。

沒什麼好畏縮的。雖然體格有些差距，但只要攻進他的胸懷，就能割斷他的咽喉。

讓我用這雙手結束掉一切吧。

這場戰爭、還有這股令人作嘔的卑劣情感，都將在此告一段落。

「！」

蘿吉亞用力砍下的刀劍，被對方分毫不差彈了回來。

這一發反彈己身的攻擊重量，讓蘿吉亞的神經產生短暫的麻痺。

在這種狀況下，雙眼已經派不上用場，因為混雜在暴風中的雪之刃早已凍結了視野。

所謂的視覺，在這種情況下根本幫不上半點忙。執握在手中的兩把彎刀，就等於是自己的手腕。

舉起彎刀向靡俄迪的族長揮砍。還差一點，卻仍沒有砍中他。

一隻手上的短劍被彈飛了。

還不夠，這樣還不夠。

戰爭還沒有結束。

拉開彼此之間的距離，拿出另一把貼身匕首。緩緩沉下腰身，徐徐調整呼吸。

激戰之際，靡俄迪族長也為了揮除沾覆全身的白色冰雪動手褪去他的外衣。

「真有趣。」

那頭黑髮、和墨黑的瞳眸，倒映在這片雪白的世界中。

只見他，露齒一笑。

胸臆深處，觸動心臟內側的聲音，原來是自己發出來的。

「妳的劍術進步了不少嘛。菲爾畢耶的女戰士，報上妳的名字來。」

他的提問，讓蘿吉亞心中燃起灼燙的熱度。突然有種感覺，好像……原本淤塞的血液終於被清通了。

過去一直視自己為母蟲子般蔑視的他，而今總算問了自己的名字。

沒錯，我一直好想說出口。一直想在只為戰爭而生的他心上，刻劃下只為戰爭而生的自己的名字。

「我是——」

給我仔細聽好了。

「——我是蘿吉亞！也是菲爾畢耶族長・亞狄吉歐的親妹妹！」

蘿吉亞狂亂地大聲說出自己的名字，相對地，靡俄迪的族長・蓋亞只是勾起唇角微微一笑。白色黑暗之中一抹猙獰的笑。

——美得教人無法將視線從他身上移開。

「亞狄吉歐的親妹妹，雪螳螂蘿吉亞！」

他的呼喚灼燙了蘿吉亞的雙耳，也灼痛了她的心。

如狂風暴雨襲來的絕望，還有喜悅。

「——靡俄迪的蓋亞，覺悟吧！」

順從心底昂揚的情緒揮下手中的武器，那把彎刀應該會劈裂蓋亞的額頭吧。

但卻不期然聽見「鏘」的一聲，擋下蘿吉亞手裡彎刀的是原本已經被蓋亞揮彈開的，屬於她的短劍。偌大的衝擊，身體失去平衡，狂亂呼嘯颳過身旁的是白色的暴風。

接著飛散的，是赤紅的花朵。

「……啊啊啊！」

悲鳴的野獸痛苦地倒臥在冰凍的土地上。

雪白的大地，染上點點刺目的血跡。

這些血跡將會汙濁地殘留到春天吧。就像要玷汙美麗的春天一般。

溢流出大量血液的人並不是蓋亞。

蘿吉亞的一隻手，手肘以下的部分全都消失了，連同骨頭被一併斬斷，落在蓋亞的腳邊。

「菲爾畢耶的蘿吉亞！」

撿起落在雪地上的斷腕，靡俄迪的蓋亞沒有抹去滲出額際的血珠，只定定看著躺在身下的蘿吉亞。

「跟我走。」

為什麼要對我說這種話？

蘿吉亞不懂。

聽起來似乎不是嘲諷，也並非玩笑話。他的臉上沒有一絲笑意。從額際汩汩流下的鮮血濡溼了他的臉孔，已漸漸凍結。

蘿吉亞將不斷湧出大量鮮血的手肘埋進雪地裡。

「我拒絕。」

蘿吉亞吐出回答。

看著她那張因痛苦、屈辱與有所覺悟的扭曲臉孔，蓋亞笑了。

拿著被他砍下的斷腕，蓋亞在那傷口上咬了一口。

就好像是為了嘲笑蘿吉亞，又像在模仿傳言中，菲爾畢耶啃食心愛之人的模樣。

「我們會再見的……蘿吉亞。」

看著他轉過身後的寬大背影，成了敗犬的蘿吉亞只能滴流下傷痛的血淚。

隨著被奪走的那隻斷腕，蓋亞也在蘿吉亞心底深處刻劃下到死都不會消失的傷痕。

身處在狂嘯的風雪中，淚已冰凍，嘶喊也同樣被凍結。

只剩下熊熊燃燒的卑劣情感，灼痛了她的身心。

（真想殺了他。）

想砍下那顆頭顱。

想將那個男人狠狠打倒在地。

（——如果，能將他蠶食入腹，該有多好……）

過去的菲爾畢耶，或許早就對這樣的心情下了註解。

這就是——雪螳螂的愛戀。

到底在這裡待了多久？風雪雖已停歇，但不時吹動的勁風仍颳起地面上的細雪在空中漫舞，也一點一滴慢慢奪走蘿吉亞的溫度。從身邊呼嘯而過的風聲，讓寶城遺跡發出哀啼般低沉的迴響。埋在冰雪中的手肘已經連痛楚都感覺不到了。

這截斷身心的冰冷，好似連神經細胞都跟著死去了。

混沌的視野，只看得見自己凍成霜的睫毛。

只要閉上眼睛，一切就都結束了。

只要閉上眼睛，就能結束。宛如沉眠般美麗，自己身為戰鬥之民的宿命也終於劃下句點。就讓我回歸這片山脈大地吧。

敗北不就等於死亡嗎？事到如今，還有什麼好抵抗的？

我註定要死的，我肯定做了該接受這般天懲的壞事。

可是……

（為什麼？）

這樣的疑問激烈撼動著心臟，撼動著蘿吉亞想結束一切的念頭。

（為什麼蓋亞會……）

他說，跟我走。

還說……

我們會再見的——

野獸的腳步聲混雜在呼嘯的風中，蘿吉亞控制不住痙攣地抬起下顎。有誰來了，我想要什麼、我想要誰來到我身邊嗎？蘿吉亞想都沒想過這個問題。

暴風雪已歇止，但眼前仍是一片混沌。

我看不到，我已經……什麼都看不到了。

有個影子出現在眼前。伸向自己的不是溫暖的手，也不是兇惡的刀刃，而是一句話：

「站得起來嗎？」

低沉的聲音，沒有顫抖、沒有一絲疑惑。不是救贖，卻也沒有斷定自己的罪過。

你在說什麼？蘿吉亞想回答他。

「……」

但光是輕輕蠕動一下，嘴唇就裂傷了，連血都流不出來。

「說出妳所屬的部族名字。」

那個人仍不死心繼續追問，蘿吉亞終於慢慢凝聚了雙眼的焦距。拚命地，就為了將那樣的輪廓、那樣的身影映入視野中。

沒錯，我是——

「……我……是……」

逸出微弱得像是衣服摩擦的細微聲響。

「我聽不見！」

傳進耳中的斥責語氣，讓蘿吉亞不由得扭曲了臉孔。

「我是菲爾畢耶！」

從口中發出的叫喊，幾乎震響了身後的寶城遺跡。

「這等灼熱便是生命——」

用剩下的一隻手臂撐在雪地上，試著想站起身。但手肘早已麻痺失去力氣，只能狼狽地再度倒進雪地裡。

「這等血性便是我菲爾畢耶的寶藏！」

雙腳又沉又冷，僵硬得無法動彈。但蘿吉亞仍掙扎著，她非站起來不可。就算這模樣再醜陋、再難堪。

她還是拚了命地想站起來。

「我是山脈雪螳螂，菲爾畢耶的蘿吉亞！」

嘶吼聲中斷了。肩膀被粗糙的手掌緊緊攫握，用力一扯，身體已經被抱住。

那是個強而有力到令人痛苦的強烈擁抱，只為了把體溫傳給凍僵的身體。

靠在耳邊的囁嚅聲輕輕的、細細的，卻是努力從牙縫間擠出來的悲痛之聲。

「別死……」

短短兩個字，包含了無限的祈求。

蘿吉亞的視線像被什麼滲透了，無法控制地搖晃著。

「哥哥……」

訴諸言語後，粉碎的心也發出哀痛的悲鳴，還來不及被寒風凍結，豆大的淚珠已滑下臉頰。

已經有多久不曾哭泣了。

原以為熱燙的水珠會被冰凍。原以為流下的不是淚，而是豔紅的鮮血，然而——

「哥哥、哥哥、哥哥！」

蘿吉亞崩潰似地大喊，亞狄吉歐擁著她的雙手也更加用力。

「——沒錯，我就在這裡……蘿吉亞，妳得要守護我啊！」

或許，他也哭了吧。

「不要再從我身邊……奪走任何一個人了——」

他是位比任何人都更強悍的王者。為了引導菲爾畢耶邁向未來，就算失去了父親、母親，就算失去他摯愛的妻子，依然握緊拳頭一句話也不說的亞狄吉歐。

那是唯一一次，從他口中發出哀慟悲嘆。

那年冬天，菲爾畢耶被奪走許多條生命。

亞狄吉歐並沒有向蘿吉亞多問什麼。但就是因為她的關係，才讓他與靡俄迪之間的交涉破裂。蘿吉亞心裡是明白的……靡俄迪的蓋亞的確是想放下刀劍好好談談的，可是蘿吉亞並沒有把這件事告訴哥哥。

光是提起那個男人的事，幾乎就快奪走蘿吉亞的呼吸。

在失去的手腕綑著刀劍，為了忘卻一切而專注在戰場上，卻也沒辦法扮演好殺戮戰士的角色。

就算只剩下一隻手臂，也得守護好哥哥，守護菲爾畢耶的族長。

當冬季最冷的一天過去後，好比凋零的枯葉隨風翻飛，菲爾畢耶和靡俄迪的戰況形勢也開始逆轉。

悲劇再度上演，而且比過去更甚，戰場只徒留一片血腥殺戮。

菲爾畢耶的眾多戰士都死於戰場上，但有更多人則是因咒病折磨而魂歸天際。

冬天的腳步逐漸遠了，卻好像還想再展雄風般，那是個冰寒夜晚。

菲爾畢耶的族長．亞狄吉歐突然吐血倒下。

蘿吉亞急忙衝向他，撐起他的肩頭，卻不知該做何想法。

不可思議的是，心裡竟沒有掀起一絲波瀾。

因為蘿吉亞是山脈的子民，真正感到絕望時，一定也像雪花般白得沒有一絲顏色吧。

（這麼一來，就真的結束了……）

比任何感覺都更鮮明的，是湧上心頭的挫敗感。

讓他靠著自己的肩膀站起來時，靠近細看才發現亞狄吉歐的容貌是如此蒼老，但反觀沒有患上咒病的蘿吉亞也同樣衰頹，所以直到他吐血為止，誰都沒有發現其實亞狄吉歐已染上這恐怖的咒病。

不，或許蘿吉亞只是欺騙自己不願去察覺而已。

這場突然颳起的死亡颶風，就是為了滅絕菲爾畢耶吧。

亞狄吉歐發病後，有好一陣子兩方人馬都沒有發生什麼大衝突，但不管再怎麼努力，也毫無勝算了。自己已經失去一隻手腕，即將繼承亞狄吉歐族長之位的安爾蒂西亞還太幼小，她甚至只握過護身的匕首而已。

蘿吉亞心想，一切都結束了。

得知亞狄吉歐患上咒病後，菲爾畢耶全族上下也陷在一片絕望中，大家都很清楚大勢已去。但在一片肅默之中，亞狄吉歐卻有了行動。

「到魔女之谷去。」

日復一日逐漸衰弱的親哥哥，只能把最後的希望寄託在魔女身上。

這時寒冷的冬季已告終結。雖然只有短暫一瞬，但山脈的居民總算能踏入隱者的深谷。失去未來的族長選擇由他人決定自己的命運，追尋著除了自己意志之外的東西。

蘿吉亞靠著僅剩的獨臂抱著亞狄吉歐，一同前往魔女之谷。

「——歡迎你們來啊，菲爾畢耶。」

黑暗的洞窟中，一見到菲爾畢耶兩兄妹的身影，魔女便勾起微笑。

她只露出稚嫩的嘴唇，好似百年前就知道兩個人會前來拜訪，所以才會露出那種早有預料的笑容。那抹笑看在蘿吉亞眼中就是這樣的解讀。

「歡迎你們。這麼一來，演員就全部到齊了呢。」

這是什麼意思？心裡疑惑著，但亞狄吉歐和蘿吉亞都已經疲憊得連發問都辦不到了。

視線朝洞窟深處望去。

站在那裡的是——

「——我等你們很久了，菲爾畢耶。」

有那麼幾秒鐘的時間，蘿吉亞感覺到自己的心臟甚至忘了跳動。

不管再怎麼沙啞無力，她也不會忽略這個聲音。不管再怎麼衰弱不濟，她也不會錯認那張容顏。

站在那裡的，正是靡俄迪的蓋亞，就是他本人。

山脈的雪螳螂．蠻族菲爾畢耶。

此刻正面對著邪教信徒．狂人靡俄迪。

早在戰爭開打的數十年前，兩族族長始終無法面對面好好來場交涉。然而今日，居然會在這個地方見到面，簡直像是命運的牽引。

為什麼？蘿吉亞猜測著。

為什麼靡俄迪的蓋亞會出現在這裡？魔女之谷座落在極隱密之處，必須細心探路才有辦法到達。他埋伏在這裡，難道是想決鬥嗎？若是如此，亞狄吉歐已經沒有勝算了。

如果他要求對戰，就算只剩下一隻手臂，我也不會退縮的。思及此，蘿吉亞才愕然注意到他的模樣。

「我知道你們會來……所以才一直在這裡等著……魔女啊，這難道是天譴嗎？我們究竟會變成……」

他的低喃聲如此疲倦。靡俄迪的蓋亞，那凹陷的眼窩、混濁的瞳色、消瘦的雙頰，還有因色素沉澱顯得蠟黃發黑的膚色。

他身上所有症狀，就和蘿吉亞身旁的亞狄吉歐一模一樣。

菲爾畢耶的兩兄妹有所領悟，也不禁倒抽一口冷氣。

吹過山脈的死亡颶風，同樣也吹向了靡俄迪。

打從出生以來，第一次感覺到神的存在。魔女來回比對著面對面站在一起的兩位族長，如此諷刺的命運，讓魔女不禁露出愉快的笑意。

「靡俄迪啊，你說這是天譴嗎？魔女我也是這麼認為的唷。這場傳染病是山脈的詛咒，不屬於你們任何一方，而是上天決定毀滅一切的裁決唷。」

魔女笑道。

她的笑容太過於天真無邪，反倒傳達出一股空虛。

「我來告訴你們一個好消息吧。這病魔啊，是捱不過冬天的，它馬上就會離開這座山脈了。」

但病人可沒辦法迅速痊癒喔，魔女帶著天真笑意，傳達死神的訊息。

「你們兩位聽懂了嗎？這就是魔女的忠告唷。」

兩位族長、一個魔女，還有站在一旁見證這一幕的蘿吉亞。

靡俄迪的蓋亞同是抱病之身，卻隻身前來，他大概沒告訴任何人此行是來拜訪魔女吧。

「……病魔會離開嗎？」

亞狄吉歐嘆息般地，虛軟無力地問。「是啊，它會離開的。病魔是捱不過這個冬季的，所以——」魔女微微頷首。

「所以，就算你們都死了，山脈也不會滅絕的。暫時是這個樣子，我可以向你們保證。」

這句話在兩名君主心中究竟帶來怎麼樣的迴響？許久許久，他們什麼話都沒說，只是靜靜地以指尖輕撫未出鞘的劍身。

一旁的蘿吉亞也只能茫然看著他們若有所思的模樣。

身為滅絕之民們的君主，如果未來已經沒有什麼可延續，他們應該會擠出最後一絲力氣，選擇和彼此一決勝負吧。

但魔女說，人民仍會繼續活下去。

他們兩人，並不是這座山脈最後的君主。

「靡俄迪啊……」

亞狄吉歐閉上眼睛輕喃，但並沒有接著繼續說下去。

蓋亞也只是從喉咽深處發出微弱的笑聲，伸手覆住自己的臉，用滲染了孤寂的音色回應。

「真是場無趣的人生啊。」

不需要對話與協議，他們已經心照不宣有了結論。身在同樣的地方呼吸著相同的空氣，也同樣被病魔折磨侵蝕的兩人，已經毋需再靠言語溝通了。

「深谷的魔女啊，妳願意當我們的見證人嗎？」

「為了菲爾畢耶與靡俄迪的續存和統合，也為了永恆的和平。」

亞狄吉歐與蓋亞一人一句這麼說著。

「為了讓這場冰血戰爭，劃下休止符。」

這便是他們兩人的答案了。

中立的魔女是最佳的見證人。

一旁的蘿吉亞只能默默地注視這一幕。

「好啊，魔女願意當你們的見證人，因為魔女永遠不會死呀。」

深谷的魔女對他們兩人的決定並不感到驚訝，也無反對之意，仍舊安然地吞吐煙霧，接著說出的話並非意見，而是神諭。

「不過，這件事沒辦法急於一時，短時間內大家都不會接受的，所以你們就先停戰吧。十年，得先停戰十年……這段時間內，死去的你們所留下的威望也才得以傳承。」

「——那十年之後……」

「就是要統合行事作風迥異的兩個民族呀。從很久很久以前，就有一個屢試不爽的好方法唷。」

就是婚禮啊，魔女這麼說。

「就是婚禮啊。這便是愛、便是血肉親情，只要混合兩族的血統，就沒人會說話了。」

生在亂世，亞狄吉歐用他強健身軀保護的，是他深愛的女人所留下的稚子。彷若精靈的少女安爾蒂西亞。

蓋亞也有一個孩子。早在很久之前，蘿吉亞就知道他有個孩子了。率領將士征戰沙場的靡俄迪族長，他早已娶妻，膝下也有子嗣。

那兩個孩子，就像為了達成這場宿命的協定，才降生在這個世界上一般。

「……妳是要我讓自己的孩子，娶雪螳螂為妻嗎？」

蓋亞發出低沉的笑聲。他對自己的兒子，也與亞狄吉歐對安爾蒂西亞一樣有著特別的情感吧。他的笑聲，深深刺痛了蘿吉亞的心。

一場婚禮，將能緊密結合這兩個部族。

「這麼做的話，真能保障兩族的未來嗎？」

亞狄吉歐咬著牙發問，卻換來魔女的訕笑。

「沒有人能保障未來呀。」

魔女說的話，比山脈的雪霜更冷酷辛辣。

「然而——惡魔會遵守盟約唷。」

此時，洞窟中的黑暗彷彿晃動了一下，讓人毛骨悚然。

「來，我來跟你們說個很久以前的故事，說一個你們從沒聽過的久遠故事。」

長長的菸管在她手中像根指揮棒揮舞著，魔女朗聲道。

「過去當這裡還是座豐饒的礦脈寶山時，山脈裡所有的部族都服從於同一個國家。已經是好幾百年前的事囉，那是個小小的雪之國。雖然小，卻是個物產豐沛的國家。那樣的豐沛也成為一股強大的力量，所有的部族都掌握在他們手中。可是，雪國的統治並沒有太久唷。小小的雪之國滅亡了，因為富足和他們自身的愚蠢而瓦解了。最後一任王子也被他的子民圍捕，當成一名罪人以極其悲慘的模樣墜入了魔道。曾經代表榮耀的城堡只是徒留在那裡的白色殘瓦碎礫罷了。」

魔女像個詩人般敘述著。那是單純傳承過往的故事，還是不死魔女的遙想回憶呢？

「永恆的和平是永遠不會到來的。但是，這世界也不會永遠處在不和平的狀態中喔。總有一天，這座山脈也會封閉起來，不過是時間的問題罷了。當山腳下的國家攻來時，如果你們還繼續爭戰，是無法守護自己的驕傲與這座山脈的。」

來，現在可是你大展身手的好機會喔，魔女帶著笑意對亞狄吉歐這麼說：

「你的女兒可是土生土長的雪螳螂啊，是這座山脈中最激情的種族唷。讓她為這座山脈颳起新生的風吧，魔女會當你們的見證人的，所以——」

訂下這場婚禮吧——洞窟裡只剩下魔女的聲音輕輕迴響。

「真是期待啊，就連魔女我也感到很期待呢。你的女兒究竟會怎麼把靡俄迪的孩子吞噬入腹呢。」

被人們稱作雪螳螂的菲爾畢耶女人會將心愛之人蠶食入腹。

那不過是自古流傳下來的傳說。只是在與情人交換永恆的誓約之吻時，菲爾畢耶女子嘴上抹的胭脂沾到男人的唇上，看起來就像鮮血一樣。只是這樣罷了。

不，真的只是這樣而已嗎？

站在幽暗洞窟的入口處，對面站著靡俄迪的蓋亞，蘿吉亞忍不住用力咬緊唇瓣。因為亞狄吉歐有話要和魔女單獨說，蓋亞便二話不說離席留給他們清靜的空間，只是不曉得為什麼連蘿吉亞也被他一併帶出了洞窟外。

光是和他呼吸相同的空氣，失去的斷臂就感到無比疼痛，僅剩的另一隻慣用手臂，怎麼也放不下那把彎刀。

如果現在舉起刀劍砍過去，應該能不費吹灰之力砍下這個男人的頭顱吧。

但也只是想想，蘿吉亞根本做不來。砍下患了重病連劍都握不牢的男人頭顱，又能得到什麼呢？

如果戰爭仍會持續下去，這麼做或許還有一點意義，可是就連漫長的戰爭也即將結束了。話雖如此，無法控制的衝動仍不斷撞擊著蘿吉亞的心臟。

教人透不過氣的沉默彷彿會持續到永遠。

「……你為什麼不說話？」

再也耐不住這噬人的沉默，蘿吉亞還是先出了聲，不過視線並沒有看向對方。所以她不知道蓋亞此刻是什麼表情，只勉強聽見從他喉嚨深處逸出的低沉輕笑。

「妳要我……說什麼呢？」

剎那間，一股燥熱竄上蘿吉亞的耳根，好似從喉間被灌進大量的鉛。真想殺了他，激烈的情感狠狠灼燒著蘿吉亞的胸腔。

對你來說我就只是這種程度的存在嗎？身為亞狄吉歐的妹妹，身為他的仇敵，她以為自己已經狠狠烙印在蓋亞的心上。她一直藉由這種想法來安慰自己。

生在戰世，活在戰世，蘿吉亞以為，自己一定也會死於戰世。根本沒必要留下自己的血脈，更遑論情愛。

可是——

……自從第一次拔劍相向的那天之後，自己就不曾遺忘過。

「……啊啊，對了。」

蓋亞凝望遠方的雪地，漠然地喃喃開口：

「妳的手腕，已經被我收下了。」

蘿吉亞驚訝地回過頭。他光是站著都耗費了不少力氣吧，蓋亞將自己的半邊身子倚在洞窟旁的石壁上，臉上掛著淺淺笑容。也許是病魔折磨，他的容貌變了許多，但那雙眼依然如此深邃。他默默闔上那雙深不見底的眼眸，平靜地開口：

「妳的手腕已經被我收下了。我會帶著妳的手腕，進入死亡之山……所以，妳有想從我這邊拿走什麼嗎？」

靡俄迪的永遠。

我的手腕。

痛苦。接吻。殺意。赤紅的鮮血。

——啊啊，真教人想吐。

「你……」

風啊，狂亂的吹吧。

颳起一場暴風雪吧。

讓我的聲音，讓我所說的話，全都隨風散去吧。

「我想要……吃掉你。」

僅剩的一隻手腕被他拉起。蓋亞因病而瘦弱的手腕，拉起了蘿吉亞的。

這是他們之間唯一一次的親密接觸。沒有擁抱，甚至沒有親吻。

就算彼此貼近得幾乎能感受到對方的呼吸，山脈冰冷的寒風仍不由分說奪走兩人身上的溫度。

男人與女人，手上都戴著厚厚的禦寒手套。

這樣的舉動，為女人在往後的日子裡留下灼痛身心的無限悔恨。

她感受到男人的體溫了。就那麼一次，但女人逃開了。

「抱歉。」

扯著蘿吉亞的手腕，深深窺探她的表情，蓋亞近在眼前的臉孔微微笑著，然後他說：

「如果我跟妳一起逃跑，靡俄迪也就滅亡了。」

是血族情結撕裂了這兩人嗎？

是時代撕裂了這兩人嗎？

都不是。

如果不曾舉劍相向。

我們一定不會愛上彼此吧。

「深谷的魔女啊。」

洞窟深處，亞狄吉歐輕聲對魔女發問：

「……這場盟約，如果……能再早個十年……」

嘆息是因為後悔，還是因為已經認清無可避免的命運呢？

「將會結合的兩人，就不會是我們的孩子啊。」

亞狄吉歐苦澀地喃喃說著。他是個嚴厲的兄長，同時也是個溫柔體貼的兄長。

耳邊傳來一聲輕笑。

「這種假設未免太愚蠢，你這麼問也沒有任何意義。你的溫柔不過是種愚昧呀。」

早已看透一切的深谷魔女對不曾發生過的幻想情節沒有半點興趣，她告訴亞狄吉歐。

「若是回到十年前，仍是只能互相殘殺呀。若沒有經過一番廝殺，他們之間也不可能產生戀情。不管哪一邊都是地獄，但不管哪一邊也都是樂園。誰又知道地獄和樂園哪邊會比較幸福呢。這種事只有當事人才能領會啊。」

不過呢……深谷的魔女又接著說。不是預言也並非神諭，只是忽然想到的一句話。

「……雪螳螂的愛太深了。這麼深的愛戀是種希望，但也等同絕望啊。她的戀情……說不定也會產生什麼效應吧。」

靡俄迪族長將一塊小小的金屬片放在蘿吉亞的手心上，要她緊緊攥握著。

那是把鑰匙。蘿吉亞不知道那是哪裡的、為了開啟什麼而存在的鑰匙。但躺在掌心間的小小鑰匙，感覺異常沉重。

將嘴唇貼向蘿吉亞耳邊，蓋亞輕聲說：

「我沒辦法把我的全部給妳。」

所以……囁嚅聲低沉且嘶啞，縈迴在蘿吉亞耳際。

「我願把我的永遠獻給妳。」

我才不要那種東西。

我什麼都不要。

「……蘿吉亞……」

我只想吃掉你。

回到部落的亞狄吉歐，第一件事就是前去見他的愛女安爾蒂西亞。

小小的安爾蒂西亞。

生於征戰時代，被死去的母親緊緊擁在懷中的少女。彷如雪精靈般不帶一絲表情的安爾蒂西亞，打一出生就註定將會是菲爾畢耶族長的繼位者。然而現在，她卻奉命得將她的身心獻給殺害了母親的敵族之子。

為了戰爭，只要以戰士的身分活下去便成。但為了和平，她卻得葬送身為女人的一生。

名為命運的未來實在太殘酷無情，她該以怎麼樣的心態接受這一切？

蘿吉亞心想，她應該不會拒絕吧。

原以為她會順從地頷首答應，沒想到安爾蒂西亞卻輕輕地問了唯一一個問題。

用略顯嘶啞的聲音。

用她那雙清澈透明的眼瞳。

「春天，很美嗎？」

亞狄吉歐緊緊抱住嬌小柔弱的她，這便是他的回答。

而這也是被病痛折磨至死的族長，給愛女的最後一個擁抱。

亞狄吉歐和蘿吉亞拚命尋找能讓安爾蒂西亞生存下去的方法。挨家挨戶的探訪菲爾畢耶每一戶人家，總算找到一名容貌與安爾蒂西亞極其相似、年紀也相仿的小女孩。差不多的年紀，還有相同的髮色與眼瞳。他們帶回一個美麗的小女孩，讓她成為安爾蒂西亞的影武者。

就算與靡俄迪進入休戰狀態，但誰也無法保證安爾蒂西亞就能安全無虞。既然無法主動發動戰爭，安爾蒂西亞遭到暗殺的危機也比過去高出許多。

安爾蒂西亞需要一名影武者。

在這之前，她更需要一把劍。

為了活下去，為了不被殺害，不只內心，她也必須變得比任何人都還要強悍健壯才行。

教導她劍術的老師，除了白銀蘿吉亞之外不作第二人想。

她拿出自己的畢生所學，全部傳授給安爾蒂西亞。雖然無法擁抱她，也無法給她溫柔的撫慰，但安爾蒂西亞就像吸收了蘿吉亞的一切，以驚人的速度練得一手好劍。

她已經為戰爭做好準備了。

為了不辱雪螳螂之名。

到頭來，亞狄吉歐還是沒有撐得太久。受病魔日夜折磨的他，憑著驚人的執著苟延殘喘，無奈仍在山脈短暫的夏季到來前撒手人寰。諷刺的是，他也是菲爾畢耶因咒病而死的最後一人。

在他的葬禮上，安爾蒂西亞一滴眼淚也沒掉。

緊緊靠在她身邊，將手覆在她的手背上的，是那個安爾蒂西亞的替身。

和靡俄迪休戰後，兩個民族接下來將會慢慢步向和解之途。被稱作蠻族的菲爾畢耶子民們就像過去的蘿吉亞一樣，大力反對這項決議。然而歷經冰血戰爭的最後一任族長·亞狄吉歐最終還是以他的死亡，說服了原本反對休戰的菲爾畢耶子民。

亞狄吉歐死後不久，菲爾畢耶也收到靡俄迪的蓋亞已經辭世的消息。

那支掛在脖頸上的小小舊鑰匙到底有何用途，蘿吉亞心想已經永遠得不到答案了。

蘿吉亞以為自己能夠忘記。

從那次的邂逅到他辭世之前，兩人都沒有再見過面，只要把那段回憶當作淡淡的幻想就行了。

雖然每當提起他的名字、每當他的身影浮現在腦海時，失去的斷臂就會感受到冰凍刺骨的強烈痛楚。

但那也只是幻覺。

蘿吉亞想著，無法消失的，是自己犯下的罪。

（我的戀情無法實現。）

我願把我的永遠獻給妳，蓋亞說的，不過是玩笑話。

靡俄迪的蓋亞在死亡之山中，一定也會與他早逝的妻子在一起吧。

夏天就快來了，今日卻是個極其寒冷的夜晚。佇立在降下雪霜的山脈凍土上，蘿吉亞遙望遠方的靡俄迪部落。

呼嘯吹過的狂風讓本該融化的積雪表面變得更加銳利。

連嘆息都不被允許。而浮上眼眶的淚，早已被凍結。

蘿吉亞靜靜閉上雙眼。

默默地祈求，請將我的靈魂也一併凍結吧。

第六章 永遠的碎片

安爾蒂西亞已經死了——沃嘉這麼說。

那是個颳著暴風雪的夜晚。蒼漠的狂風凍結了屋外的世界，更突顯刺耳的柴火焚燒聲。

難得來到露——安爾蒂西亞寢室的沃嘉看也不看露一眼，只是將手指搭在玻璃窗上，望著窗外濁白的世界。

這是個伸出手就不見五指的白牙之夜。

『妳沒聽見嗎？』

沃嘉開口：

『我收到雪鳥帶來的消息了。昨天魔女之谷附近的部落因為一場大地震引發了雪崩而被捲入，照倖存者的說法，那場雪崩讓魔女之谷的地形整個改變了，那兩個傻子若是順利到達魔女之谷，很可能已經被雪崩掩埋了。』

露的臉頰微微抽搐著。

想大笑一場的衝動，和自知不該笑出聲的理性在心裡進行天人交戰。真想出聲嘲笑他愚蠢至極的說詞，不過她的主人可不會有這樣的反應。

沃嘉說的或許是事實，但並非真實。不管是大地分裂或星辰墜落，這種事跟安爾蒂西亞的生死一點關係都沒有。不過光是解釋這一點都讓露覺得提不起勁。

是把露的沉默當作絕望嗎，沃嘉並沒有多說什麼，轉身便走出房間。

那是幾天前的事了。

露一點也不相信沃嘉所說的話。除非有什麼決定性的證據擺在自己眼前，否則就算到了融雪季節，她也不會輕信別人口中所說的話。露已經在心裡偷偷決定了，卻總是不由自主地輕撫隨身匕首，指尖在銳利的刀鋒上緩緩游移，露想著——

（非死不可了。）

靜謐的黑夜彷彿讓心也變得瘋狂暈眩。

如果安爾蒂西亞死去的話，那自己也非死不可了。又或者——

（——得被殺掉才行。）

沒錯，既然已經有了死亡的覺悟，不管自殺或被殺都是相同的。

殺了沃嘉吧。

如果能被他反擊進而遭到殺害，那似乎也不錯。

——殺了那個男人，也許就能隱瞞安爾蒂西亞的死亡。

深沉的絕望猶如喜悅，讓露的心湖泛盪開一陣陣漣漪。啊啊，原來自己體內也流有蠻族的血液啊，直到如今，露才有了身為蠻族的自覺。

既然已有了覺悟，原本受不安與絕望侵蝕而戰慄的身軀也漸漸平復下來。但就算如此，只要一站到鏡子前，看著映在鏡中卻不在身邊的君主身影，還是只能發出不安的嘆息。

為了揮除那些負面情緒，露躺上床，緊緊閉上眼睛思考。

安爾蒂西亞還活著。安爾蒂西亞一定會回來的。

既然如此，那有什麼是我該趁現在完成的？露自問。

（如果沒辦法帶回上一代靡俄迪族長的頭顱……）

不，就算帶回來也沒辦法改變什麼吧。

（真的要開戰了嗎？）

他很憤怒，露感覺得出來。沒有任何理由，只要一接近他，胸臆深處就感覺到有什麼東西正在響動。他很憤怒，而他的憤怒是針對菲爾畢耶？針對安爾蒂西亞？還是針對這場狗屁不通的婚禮？

（不，都不是。）

露思忖，心裡也不可思議地確信著。

（也許，他早就知道自己父親頭顱的下落了？）

所以，他才堅決不肯自己動身搜索。也許是他命令哪個下人偷走了上任族長的永生頭顱，這次的事件不過是靡俄迪的自導自演。這麼做，只是為了製造兩族開戰的理由罷了。

（這場戰爭對他們有何益處嗎？）

所謂的好處數也數不清。這裡可是嚴峻冰寒的山脈之地啊。無論是食物、家畜或可用的人力，都貴重到讓每個族群恨不得能狠狠掠奪一番。

（可是……）

他也曾說過，開戰都是為了靡俄迪的人民。他很憤怒，露的心中不斷重覆著這個事實。如果現在發動戰爭，露認為只能算是場私鬥。沒錯，就是私鬥。

（因為他心中充滿了憎恨。）

對誰充滿憎恨？

——或是對什麼充滿憎恨？

忽然間，露躺在床上的身體感覺到一股莫名的冰冷與沉重，心臟好似受到強烈的壓迫。明明睜著眼，卻感覺眼皮無比沉重。

鼻腔內側竄起陣陣劇烈的疼痛。明明有痛覺，意識卻迅速地飛散墜落。

還來不及思索自己身上怎麼會發生這種詭異的現象，眼前就只剩下一片黑暗，還有某人的——

†

冰冷的長廊。

奔走的腳步聲。

緊閉的門扉。

連自己的呼吸聲都嘈雜刺耳極了。

恨不得心臟的鼓動能立刻停下來。

看到那扇門了。自己正觸碰著不該接近的禁忌，但是，那又如何？

早在許久許久之前，自己就已經不期望能被赦免饒恕了。

這身軀、還有這顆心，全都是罪孽深重的證明。

他曾說要獻出自己的永遠，雖然不認為那是他的欺騙，卻也不知道該如何收下。原本自己已經打算懷抱著這份罪過迎接死亡。

直到聽見惡魔在耳邊細語。

那是靡俄迪蔑視菲爾畢耶的嘲諷話語。

（尊貴的前任族長，他即便是永生了，但到現在還是將妳的——）

就算活活被烈燄焚燒至死，就算背叛兄長、就算背叛菲爾畢耶一族……

——我也得為自己所犯的罪殉身。

終於到了。眼前這扇門就是通往連靡俄迪族人也不被允許進入的神之間。

掏出一直掛在頸間，靜靜躺在胸前的小小金屬。

這是你給我的。

顫抖的指尖無法順利把鑰匙插進鎖孔裡，好久沒覺得僅剩的獨臂那麼笨拙令人不耐了。

我失去了很重要的東西。不過，手中的鑰匙卻有同等的價值。

此生僅有一次的交歡，那是你給我的寶貝。

（願把我的永遠——）

不該被開啟的門扉。

靡俄迪的永遠。

為愛戀而慌張失序的，我的宿命。

（獻給妳。）

這輩子唯一的男人。

讓我吃掉你吧。

†

清醒得相當突然。

宛若重生般，無意識地從喉間發出苦悶的喘息。因為那聲喘息而驚醒，立刻從床板上彈坐起來，露的肩膀還不停哆嗦顫抖著，不敢相信從額頭滲出的是自己流下的冷汗。

（剛才那是……）

我作了場夢。

（夢？）

忍不住確認自己的右手是否依然存在。

還好，它還在那。

「！」

那一瞬間，露似乎聽見誰的笑聲，所以抬頭仰望天花板。但周圍只有柴火燒得劈啪作響的燃燒聲。

——哪有什麼孩童的笑聲呢。

不可能有的，但是……

「——陛下。」

耳語似地輕輕喊出那個名字。懷著難耐的焦慮情感，如同渴望。

「陛下，安爾蒂西亞陛下……」

我在等妳。我相信妳。

我早就有為妳生、為妳死的覺悟了。

喉咽深處發出細碎的嗚咽，露緊緊閉上雙眼，再慢慢睜開。

黑暗中，露站起身來。

手裡握著隨身短劍。

黎明時分，外頭仍是一片白色的黑暗。

屏住呼吸，放緩腳步悄悄走向那扇從沒有開啟過的另一道房門。那是沃嘉的寢室。

「……」

比起窗外灑進的蒼白，暖爐裡熊熊燃燒的火燄更照亮那張側臉。

他沒有發出鼻息，闔上眼的臉龐端正得教人心動。

露將手伸向他的胸前。手指輕輕游移到堅硬的鎖骨，就當露還想繼續往上移動時——

「！」

碰觸他的那隻手忽然被用力抓住，力道強得幾乎要折斷露纖細的手腕。還來不及發出悲鳴，身體已經被反轉一圈壓倒在地。

臉頰被一股蠻力撞到地板上，銀絲般的長髮隨之散亂。

「妳在做什麼？」

問話的同時，厚實的手掌也移向露的脖頸。沃嘉只須用一隻手就能將露細緻的頸項完全扣合，喉嚨受到壓迫的露就算想出聲回答也辦不到。難耐的痛苦讓她忍不住冒出冷汗。

沃嘉沒有蹲下身，而是微微彎腰將手探進露的髮絲中，用力扯住美麗的銀絲逼她抬起頭來。

「唔……」

聽到露痛苦的呻吟，沃嘉更加重施虐的力道。

「……菲爾畢耶的娼妓，妳是想趁夜爬上我的床嗎？」

露微微睜開眼，仰起發疼的臉頰對他輕聲調侃：「是啊，您說得沒錯。誰教靡俄迪的族長那麼沒用，碰也不碰我一下呢。」

沃嘉臉上的笑意凍結了，再一次狠狠地將露摔回地面，抬起穿著堅硬皮靴的腳往她的腹部踹去。

露忍不住咳了出來，感覺胃液在體內逆流，雖然拚命忍住作嘔的感覺，腹部卻疼得發燙，說不定已經留下傷痕了。

（還好他踢的不是臉。）

浮上腦海的，居然是這麼可笑的想法。不過再這麼任他凌虐下去，這張面容大概也無法倖免於難吧。

「這就是妳身為娼妓的捨身之道嗎？妳想殺了我來換回那個女人的命？」

沃嘉睥睨著被壓在地上的露，用憎惡的語氣質問著。

露微微抽動臉頰，試圖扯出笑容，只是不曉得沃嘉看不看得出來。

「陛下還活著。」

露發出因痛苦而嘶啞的聲音回應。

「我的陛下一定會回來的。所以在那之前，我必須完成我分內該做的事。」

讓我來告訴您吧……露輕聲低喃。

「沒有隱瞞、也不是開玩笑，我會將所有的真實都告訴您。」

「……妳想說什麼？」

俯視自己的視線變得晦暗深沉。

啊啊，說不定只差一點就能被他殺掉了……露的心底某處有些悵然地發出嘆息。

但露還是沒有鬆懈凝視他的銳利目光。就算被毆打、就算被殺，也絕對不會退縮。

因為自己已經掌握了部分真實。

「是關於蓋亞大人的事。」

低頭望著露的沃嘉視線彷彿凍結了。

開口的同時，露的腦海也回溯起剛才的夢境。

「——理由我不能說。雖然不能說明理由，但奪走蓋亞大人頭顱的，確實是菲爾畢耶的……是菲爾畢耶的女人沒錯，我是這麼認為的。」

但是，奪走蓋亞的頭顱真的是為了冒瀆他的永生嗎？

對菲爾畢耶而言，死亡便是結束。讓這副血肉皮囊回歸大地，讓靈魂歸向山林。

生命與血肉，便是一切。

將永遠寄宿在已經死去的身體裡，這種思考模式絕對無法出現在菲爾畢耶的子民身上。

掠奪，真的算是冒瀆嗎？

「我想族長大人您應該早就知道了吧？因為您只能獨自藏著這個祕密而無法對眾人公開，才會假藉婚禮之名發飆動怒，想引起兩族之間的混亂，但菲爾畢耶並不是因為憎恨靡俄迪才做出偷走上任族長首級的行為，而是因為深愛著靡俄迪的蓋亞……」

不對，露轉念一想。

這樣的說法不對。如果只是菲爾畢耶單方面的愛慕，根本沒必要隱瞞。沃嘉大可以公開表示他有多麼憎恨菲爾畢耶。

沃嘉佇足不動，凌亂的睡衣胸口閃爍著光芒。

那是通往神之間的小小鑰匙。

露認出了那把鑰匙。

「不對……」

露心中已有了篤定。

「──因為蓋亞……也深愛著菲爾畢耶……沒錯吧？」

沃嘉垂下視線盯著露，那張表情依然像被凍結般讀不出半點情緒。

（菲爾畢耶的，女人。）

神之間。

妳也想留在這裡沉眠嗎？沃嘉曾對安爾蒂西亞這麼說過。但為什麼？為什麼蓋亞的妻子沒有待在他的身旁，而是沉眠在兒子沃嘉的房裡呢？

族長的永生，陪在他身旁的並不是他的結髮妻子。

（……女人的手腕。）

看來這場關於永生的掠奪，本意決不是出自冒瀆。

而那隻手腕，也不單單只是用來誇耀的戰利品。

「——蘿吉亞大人……」

這不是疑問，露的心中沒有半點懷疑。這甚至不是需要多做考慮的選擇題。

因為這就是答案。

眨眼瞬間，一股強大的力道朝胸口直擊而來。這一次露的身體被狠狠摔開，像凋零的葉片飄浮在半空中。當背脊猛地撞上身後的房門，露只覺得快要無法呼吸。

「閉嘴！給我閉嘴，妳這個菲爾畢耶的替身！就算這樣又如何，妳以為這麼說，這件事就能夠被原諒嗎！」

沃嘉咆哮大喊。

撐不住身軀而頹倒的露再次被揪住頭髮硬逼著抬起頭。已然模糊的視野倒映著沃嘉的臉孔，露努力迎合他的目光，「不，」從喉間擠出細啞的聲音回道：

「不、不是的……」

露並不認為只是因為愛就能寬恕一切。不過，現在的露已經不想再和沃嘉爭辯什麼了。

漸漸恍惚模糊的視野中，只看得見那雙黑曜似的眼瞳。

「靡俄迪的族長大人……」

那雙眼眸中，浮現了不該出現的淚水。那是淚水的形狀，包含了憎恨、悲傷……還有寂寞。

「——沃嘉。」

呼喚的聲音，彷若輕淺的嘆息。

「你無法原諒的，到底是誰？」

露想抬起手，但疼痛的肩膀和痲痺的身體都讓自己一動也不能動，可就算如此，露還是想抬起手。

她想……觸摸那張因憎恨而凍結的臉龐。

「沃嘉……讓你恨得那麼深的，到底是誰？」

聽到她的呢喃，沃嘉的臉孔更形扭曲，也更加重了揪扯露髮絲的力道。可是，他的聲音卻因痛苦而不由自主地顫抖。

「愛算什麼？菲爾畢耶的母螳螂究竟有多了不起？那我的母親又該怎麼辦！」

不知何時，露已經抓著沃嘉的手勉強站起身。

背倚著身後的房門，露拚命靠自己的雙腳撐起身體。

像要將她整個人籠罩住般，沃嘉把手腕抵在門板上，那模樣好似就快吐出鮮血，卻只能發出無助的嘆息。

「直到病入膏肓，他口中還喃喃念著那個女人的名字……他這麼做，教我那信仰死後的永恆而離開人世的母親該如何是好！」

露已經看不清他的表情了。但他盈滿痛楚的嘆息，正瘋狂灼燒露的心。

露瞇細了眼睛，手腕還是痛得無法抬起，她只能把額頭抵在沃嘉的胸膛。

（啊啊，這個人——）

這個人怎麼會……

（怎麼會是這麼誠實的人呢……）

菲爾畢耶和靡俄迪是全然不同的兩個民族，但兩族都以自己的方式克服了對死亡的恐懼，他們各自擁有屬於自己的信仰。

靡俄迪願以身殉於永恆。

菲爾畢耶則眷戀剎那的一刻。

兩個部族的信仰雖然天差地別，但其實都是一樣的，這一點只有身為女人才能體會。

「溫柔的族長大人。」

出聲呼喚時，一抹熱意也沿著臉頰滴落。那一瞬間，露還以為自己流血了，滑落臉頰的水滴卻透明無色。

原來是淚。

露早就決定絕不會在這個男人面前哭泣，就算手腕被折斷、或是被他折磨愚弄，只要還有一條命在，就絕對不會在他面前流下發自真心的淚水。明明早就決定了，但為什麼……

那比露拿手的假哭更炙熱，受重力牽引的透明水珠一滴接著一滴不停往下墜。

「這個世界上最誠實的您啊……」

抵在他胸前的額頭，感受到沃嘉的心臟鼓動。感受著他的胸口起伏震動，感受著他還活著的事實。

露是個多情的女子，她本身也有所自覺。為了掩埋活在世上的某種空虛，她才會不停戀愛，與各式各樣不同的男人心靈相通，可露從來、從來沒有遇過像他這麼誠實的男人。

彷彿絕望般，胸口隱隱作痛著。

但同時也是令人恨不得用哭喊嘶吼來宣洩的強烈喜悅。

「溫柔的族長大人，無論如何，請用您的誠實好好愛護我的陛下。」

從破碎的喉間硬擠出的聲音也沾染了淚水的溫度，露誠心懇求。

「就算只有一點點也無所謂，請將您所信仰的永遠，也讓您的女人明白……明白永遠的喜悅。」

對一個女人而言，再也沒有比這更幸福的事了。

「請您……讓我的陛下得到幸福。」

我求求你……打從出生開始，這是露第一次不摻雜任何算計，打從心底的祈求。她只能倚著男人，誠心祈求著。

第七章

寶城的弔唁

不管再怎麼充實的好眠，悠悠轉醒之際總會隨著撐開沉重的眼皮感受到痛苦。

相對地，不管在什麼情況下，入眠的瞬間總是能感受到無法言喻的快樂。

五官知覺逐漸回籠了。最先感覺到的是有些怪異的味道，接著是火燄的爆裂聲。痛苦與灼熱同時襲來。

啊啊，這種感覺就是活著的證明吧，安爾蒂西亞的眼皮輕輕顫動著。

甦醒時總伴隨著苦痛。可就算難過，還是非醒過來不可。

只要還活著，就得醒來面對一切。

「安爾蒂西亞大人……」

視覺也緊追在其他感官知覺後回到安爾蒂西亞身上。朦朧的視野中，窺見正焦急地直盯著自己，拚命呼喚的多茲加。

「安爾蒂西亞大人，您沒事吧？知道我是誰嗎？安爾蒂西亞大人！」

安爾蒂西亞的意識似乎還在夢境與現實之間遊蕩徘徊，只能茫然凝視著多茲加焦急的臉孔。

映入視野中的，是多茲加那張焦黑壞死的臉孔。往灰髮底下窺探，是兩邊眼皮都被利刃劃傷的雙眼。從那雙細長的眼瞳落下的水滴，想不到竟然也是透明的。

（我認識他……）

我認識這個人。安爾蒂西亞此刻終於確定了。

他身上沒有穿衣服。裸露著布滿傷疤，與「美麗」兩個字完全無緣的身體，眼淚不停從他的眼眶墜下。

彷彿被火紋身般，那張臉染著異樣的色彩，身體也被映照成暖暖的橘紅色。

而自己身上也只蓋了條布巾，安爾蒂西亞這才發現原本穿在身上的衣服和鎧甲都已被褪去。在感到羞恥之前，身旁沒有武器的不安更讓她感到不知所措。

「醒過來了，族長大人醒過來了。所以魔女不是說過了嘛，魔女是不會騙人的唷。」

朗誦一般，那是魔女獨有的抑揚頓挫。

那個站在多茲加身後，垂下視線注視著安爾蒂西亞的人，就是深谷的魔女。在這麼近的距離下抬頭看她，雖然只能瞥見藏在外衣底下的一雙眼瞳，但……啊啊，她果然有著孩童般的外表啊，安爾蒂西亞心想。

意識似乎還陷在連綿漫長的夢境中無法脫出，與現實的界限模糊得難以斷定。

「是我讓妳進入假死狀態夢見了過去呀，是我帶妳到達彼岸的分界點。都說了一定會平安無事把妳帶回來，可是妳的僕人完全不聽魔女說話呀。」

魔女口中的僕人，現在依然只關心安爾蒂西亞是否一切安好。

「您的身體還好嗎？有沒有覺得哪裡……」

就算意識仍朦朧恍惚，安爾蒂西亞總算稍稍尋回不久前的記憶。

自己不是掉進冰層崩坍的深峽峽谷裡了嗎？應該是掉下去了沒錯。若是這樣，那眼前的情況也就說得通了。

安爾蒂西亞跌落深谷後，多茲加想必也奮不顧身追了過來。這一點毋須懷疑。

「魔女只準備救回族長大人一個人而已喔，想不到這個僕人還挺頑強的嘛。」

安爾蒂西亞先將多茲加的存在驅離意識之外，茫然望著洞窟的天井。

火燄燃燒的聲音近在耳畔。安爾蒂西亞不禁猜想，也許是洞窟裡的爐火延續了我的生命吧。

她剛從彼岸穿越到了此岸，回到現實世界。

「好長的夢……」

我做了一個好長好長的夢……安爾蒂西亞本想這麼說，自己卻先否定了這種想法。

「那並不是夢吧……」

那是如此鮮明深刻的現實、記憶，也是繾綣悱惻的噬骨愛戀。

那是生於戰世的女人所經歷的邂逅與分離……在那片黑暗之中，安爾蒂西亞也同樣刻骨銘心地感受了愛憎痴狂。

我來告訴妳什麼才是「真實」——魔女這麼說。

或許這也是她所施的魔法吧。

安爾蒂西亞親眼目睹的那些，的確足以稱作「真實」。

「魔女是不會說謊的。」

眼前的魔女露出洞悉一切的瞭然笑容。

命令多茲加穿上已經烘乾的衣服先到外頭等著，接著安爾蒂西亞也一一穿戴上魔女遞到眼前來屬於自己的衣服和鎧甲。

但比起蔽體衣物，安爾蒂西亞最先拿起的，還是她總不離身的劍。

「……一點都沒變啊。」

耳邊傳來輕聲喟嘆，安爾蒂西亞維持背對魔女穿衣的姿勢回應道。

「沒什麼需要改變的。」

魔女確實是這麼告訴自己的。

關於那個名叫蘿吉亞的女人。她生存在這個世上的軌跡，還有她身為雪螳螂的熱情。

現在安爾蒂西亞已經明白了，她之所以握著劍，那麼嚴厲訓練安爾蒂西亞的理由。

是因為愛情吧。她深愛自己的兄長，一定也同樣愛著安爾蒂西亞。

可是，她的內心依然燃燒著瘋狂的烈燄。

也許，蘿吉亞一直很想成為安爾蒂西亞吧，成為連結兩個部族婚禮的其中一員。每當看著安爾蒂西亞，她總會想起無法存在於自己生命中的那條路。

（簡直是地獄啊……）

但同時也是滲入心肺的熱烈戀情。

像是地獄，又像是樂園。安爾蒂西亞已經明白了，那是賭上她一輩子的戀情。

正如魔女對自己的評價，安爾蒂西亞也注意到了。自己確實欠缺了某些東西。

不該到這裡來的，安爾蒂西亞已經認清自己所犯的錯。

不管發生什麼事，都該待在靡俄迪，待在靡俄迪的沃嘉身邊。要和他好好把話說清楚，就算立場對立，也得一起開創嶄新的未來才行。

『我要妳與靡俄迪的族長成親。』

很久以前，亞狄吉歐曾這麼對安爾蒂西亞說過。

這場婚禮對安爾蒂西亞而言，無疑是場戰爭。

但如果，沃嘉要自己愛他呢？

如果能打從心底愛上靡俄迪的沃嘉，是不是就能改變什麼？安爾蒂西亞捫心自問。這麼一來，我們就能有所改變嗎？另一個問題也同時浮上安爾蒂西亞的腦海。

的確有東西會改變。

可是，自己的心卻無法改變——安爾蒂西亞做出了結論。

「……非常謝謝您，我們的盟約魔女。」

撥開頭髮，拿起自己的面具。安爾蒂西亞對魔女道謝。

「我必須和姑姑見一面才行，然後再回到靡俄迪去。」

回去之後，會有多麼險惡的狀況等著自己。

雖然無法預測，不過安爾蒂西亞心裡已經有了決定。

「您曾說過，我欠缺了某樣東西……確實如您所說，我是個有缺陷的女人。」

安爾蒂西亞低頭望著魔女，臨去之前，臉上露出淺淺笑意。

鮮少表現出情緒的安爾蒂西亞有某些地方改變了。她體內的變化，幻化成此刻浮現在她臉上的美麗微笑。

「可是，有件事我得向您澄清。是您讓我想起那件事的。」

不曾有過笑容的雪螳螂族長，她那笨拙的微笑和露一點都不像，但仍像朵白淨無瑕的花兒靜靜綻放著。

「雖然只有一次……但我的心，確實也曾為一個男人灼燒過。」

我已經想起來了，安爾蒂西亞輕輕訴說。

就連自己也感到意外。不過仔細想想，那或許就是戀愛吧……安爾蒂西亞坦然接受了這一點。

亞狄吉歐還在世時，安爾蒂西亞的未來就已經被父親決定了。成為菲爾畢耶的族長，下嫁到靡俄迪締結兩族的姻緣，這便是自己該擔負的未來。

她的生存方式與終結生命之處早在多年以前就已經有了定案，所以她只能獨自一人孤伶伶地佇立在雪地裡。

受病痛折磨的父親教導她身為一名族長該有的嚴謹。

失去一隻手臂的姑姑則將她畢生所學的劍術全部傳授給自己。

不管哪一邊對年幼的少女都是極沉重的負擔，但安爾蒂西亞不能逃避。小小安爾蒂西亞的心中，已經感受到命運的無情。降生到這個世界上的自己無疑就是得背負這樣的宿命。心已逐漸死去，生命的喜樂也被凍結。只有冬天的冰寒和春季的美景能撫慰安爾蒂西亞的心。

永遠也忘不了，那個冬日。

和已經無法獨自行走的父親一起搭乘雪地馬車時，遠遠就看到一團有如某種野獸的物體，直到他倒地不起，那一瞬間安爾蒂西亞才強烈意識到那是個人，而且還是個人類小孩。於是她停下馬車，帶著暖身的烈酒往那個孩子奔去。

安爾蒂西亞是生於戰世最渾沌時期的孩子。她曾見過在垂死邊緣掙扎的人，也曾親眼目睹死亡。但雪地裡的那抹身影，是更真實的存在。

當時安爾蒂西亞還只是個孩子，而倒在雪地裡的那個人，也和安爾蒂西亞一樣是個小孩。

站起來！安爾蒂西亞對他大叫。站起來向前走，然後好好地活下去——安爾蒂西亞對那個孩子吼叫。

安爾蒂西亞從沒有對任何人要求過這種事。就連一步步邁向死亡的父親，安爾蒂西亞也不曾哀求他別丟下自己死去。

安爾蒂西亞覺得，非得把他從死亡邊緣拉回來不可，一定要幫他度過這個生死難關才行。只要招來馬車、拜託父親將他帶回家就可以了，這是最簡單的方法。但安爾蒂西亞並不想這麼做。

少年說，他只想輕鬆一點。

與那灰白頭髮不相襯的黑瞳裡浮現的絕望，狠狠揪扯安爾蒂西亞的心窩。

這是她打出生以來第一次有這樣的想法──他是我的子民。

少年身上的傷、他所流的血，還有那深不見底的絕望，都是漫長血戰的象徵；如果他就這麼死了，就等於是自己殺了他的。

所以她才命令少年活下去。在此同時，自己也得更堅強地活著面對一切才行。

這也是安爾蒂西亞初次感受到，原來自己的生命竟足以驅使另一個人繼續活下去的瞬間。

於是她吻了他。

腥濃的血味如此鮮明。

安爾蒂西亞說，別忘了我。

我也不會忘了你。雖然不知道你的名字，但我會以這個吻代替。

當時的心動，這輩子大概只有這麼一次吧。只是當時的她還不懂這是一生一次的愛戀，就算漸漸長大成人，安爾蒂西亞也無法理解這一點。

不過現在終於懂了。

慘白的暴風雪、山脈的狂風吹亂了安爾蒂西亞心中的淡漠，雖然只有短短一瞬間。

——那是她，這輩子一生一次的愛戀。

之後她便捨棄了迷惘，痛下覺悟。執握長劍，也得到了如同半個自己的貼身侍女。

雖然不確定那個人有沒有好好活下去，但只要站在族人面前，視線總會不由自主地搜尋當時那個少年的身影。他那溢染絕望的獨特色彩。

就算認不出他，安爾蒂西亞知道他一定也會認得自己。

倒也不是真的想認真尋找他的蹤影。

只要相信他也在尋找自己就能活下去，而自己也確實好好活過來了，此刻安爾蒂西亞終於確信。

許久許久，魔女只是靜靜望著安爾蒂西亞臉上的微笑。覆蓋在外衣底下的，是彷彿已經預見他們的未來般洞悉一切的表情。

「螳螂的孩子……」

安爾蒂西亞接著把話說完：

「也是螳螂啊……盟約的魔女。」

她以平靜的語氣表達心中的謝意。感謝之中，也包含了謝罪之意。

魔女忽然笑了。

「我只是看著你們，看著盟約是否能完成罷了，不管什麼時代，魔女能做的也只有這樣。」

深深對魔女行了一禮後，安爾蒂西亞走出洞窟，多茲加就佇立在入口處等待著。

他站得直挺挺的，一動也不動，只有嘴唇用力抿成一直線。因為剛才落淚的模樣讓安爾蒂西亞疏於注意，他那張變了色的臉頰好像有些發紅腫脹。

「這是怎麼回事？」

手指著他臉上的紅腫，安爾蒂西亞不解地問。多茲加一副有口難言的表情，但還是乖乖回答：「是魔女打的……」

安爾蒂西亞不解地挑起眉。

「她為什麼打你？」

「那是因為……」

微啟的嘴唇不由自主地顫抖，多茲加接著說。

「……因為安爾蒂西亞大人當時已經失去呼吸……」

話還沒說完，多茲加就閉上了嘴巴。

安爾蒂西亞驚訝地眨了眨眼，想起魔女曾說睡夢中的自己其實是處在假死狀態。為了施行魔法，安爾蒂西亞才會昏迷假死。

安爾蒂西亞停止呼吸，和多茲加被毆打又有什麼關係？

「你真是笨啊……」

安爾蒂西亞不假思索地說出自己的感想。

「你攻擊了魔女對吧？」

所以才被狠狠教訓了一頓。不過看來並沒有受到什麼皮肉傷。

「這麼做可是會死的。」

安爾蒂西亞忍不住斥責。

「……可是我……安爾蒂西亞大人……」

多茲加顫抖著沒辦法把話說完。安爾蒂西亞只能無奈地再度嘆息，然後對他說：「我怎麼可能會死掉呢。」

「這是當然的！」

多茲加忽然放聲大喊，還激動地聲明——

「除了我之外，誰能奪走您的性命！」

多茲加這才注意到自己說了什麼，倏地伸手遮住還來不及闔上的嘴。此等失言，讓他錯愕得幾乎忘了呼吸。安爾蒂西亞也訝異地直盯著他。

「……多茲加，你一直想砍下我的人頭嗎？」

安爾蒂西亞不得不這麼問。雖然心裡受到極大的衝擊，但並不是因為對方想殺了自己的關係。

多茲加曾說，願意用自己的血肉之軀承受安爾蒂西亞的刀劍，甚至不肯執劍與安爾蒂西亞磨練較勁。

多茲加似乎已經有了以死謝罪的覺悟，只見他咬緊牙根，用拚命擠出來的嘶啞聲音回道：

「……我絕對不會讓您的生命斷送在其他人手中……而我當然也不會取走您的命……

所以，安爾蒂西亞大人——」

必須好好活下去才行——多茲加邊佝僂著身子邊下了這個自作主張的謬論。

他的這番話讓安爾蒂西亞感到啞然、錯愕，然後慢慢地綻開微笑。

藏在凍結的灰髮深處，多茲加忍不住屏住呼吸。

安爾蒂西亞揚著燦爛明媚的笑容，邊走向多茲加，邊壓低聲音說：

「如果你能體現我曾說過的那句話，那就做給我看看吧。」

彷彿循著多年前的遙遠記憶。

「……我說過，我只會把這條命交給配得上我的男人。」

安爾蒂西亞說完便背過身去，所以不曉得此刻多茲加臉上究竟露出了怎麼樣的表情。

「該走了，我們繞了一大圈遠路呢。」

安爾蒂西亞邁開腳步，邁向自己該走的那條路。

她知道有個人會一直在身後守護自己，完全毋須懷疑。

菲爾畢耶的部落傳來前任族長的妹妹蘿吉亞失蹤的消息時，正巧是在露注意到事情真相的隔天。

露茫然回頭望向沃嘉。

「陛下還活著。」

雖然沒有任何證據，但她如此確信著。

然而沃嘉也沒有對此表達反駁。

「妳……」

沃嘉對露伸出修長的手指，他端正的五官已經不再因憎恨或憤怒而扭曲。像是在輕撫露凌亂的髮絲和紅腫的臉頰，他伸出長著肉刺的手指——

「那個女人究竟給了妳多大的恩惠？」

沃嘉無法理解，才蹙緊眉頭吐出疑問，這個問題卻讓露忍不住笑了出來。雖然腫著臉，沒什麼自信能好好展現笑容。

「如果我說，我是出生貧苦人家的小孩，這樣的答案能不能令您釋懷呢？」

「如果她曾救過妳一命，那我還多少能理解。」

就算臉部表情無法隨心所欲地轉換，沃嘉的話還是讓露展露笑顏。在露的臉上已經見不到方才流下的眼淚。

「您覺得我這麼做是為了報恩？果然很像您會說的話呢。」

「難道不是嗎？」

沃嘉的詢問有些低沉瘖啞，但並不像之前那樣充滿威嚇意味。露的目光窺探似地直盯著他。

面對眼前這個男人，露更努力地綻放笑容。

「我就對您據實以告吧。什麼忠義或恩惠，我想都沒想過那種事。手無縛雞之力的我雖然沒辦法保護陛下，卻能代替陛下而死。」

雖然露更希望能以別種形式來達成這樣的想望。

但是，那種事是絕對不能說出口的。

「這種感情並不是愛，而是比較貼近戀的感覺。」

如果要找個更接近的說法——

「——因為安爾蒂西亞女王陛下就是我的信仰。」

露還記得第一次與她相遇那天。當時的場景，自己大概一輩子都忘不了吧。

和自己相差無幾的身高、和自己相似至極的臉頰線條、和自己如此相像的髮色。

還有承載在那雙眼裡的，優雅與絕望——

（我永遠也忘不了。）

為了這個人而死，也為了這個人而生。

聽完露的自白，沃嘉只是默默閉上眼，把手從露的身上移開。「所以我才說女人很恐怖……」他抬頭呆望著半空中，喃喃開口道。

比任何人都更強悍的他，居然會說自己「很恐怖」，這種話怎麼聽都覺得奇怪，所以露又笑了。因為知道這句話是發自他的內心，露才會笑了。或許是因為她在他面前流下炙熱真誠的眼淚，他才會將自己心中的膽怯坦然地表露在她面前吧。

「接下來……妳會怎麼做呢？雪螳螂。」

遙望遠方紛飛的白雪，沃嘉低喃著。

那您又有什麼打算呢？露並不打算追問沃嘉這個問題。

他在等待。

和露一樣，他們都在等待那個唯一的冰之美女。

等待她即將帶回來的答案。

菲爾畢耶的部落瀰漫著一股不安定的騷動氛圍。不知該如何是好的人們口中所談論的，都是族長離去後，應該負責帶領整個部族的蘿吉亞失蹤一事。據聞，多茲加前來拜訪的那天，蘿吉亞就從自己的寢室裡消失了蹤影。

「怎麼會這樣……照她現在的身體狀況，連自己動手吃飯都有問題啊……」

說到這裡，多茲加也不知道該怎麼接下去了。

拚命想找出蘿吉亞下落的菲爾畢耶族民們雖然都祈禱她能平安無事，但仍掩不住臉上的絕望神色。「這也無可厚非呀……」有些菲爾畢耶甚至躲在角落竊竊私語。

「蘿吉亞大人一定無法忍受自己因衰老而死吧……」

菲爾畢耶的子民雖然猜不透她的心，卻也明白她的生存之道。

離婚禮已經剩沒幾天了。這座山脈如此險峻，對人們來說又過於廣闊。

不過，安爾蒂西亞還是駕著馬車。

「無所謂，快走吧。」

「要到哪裡去……」多茲加詫異不解地問。「跟我來就對了。」安爾蒂西亞並沒有回答他的問題，只簡單下達指令。

多茲加吞了口唾液，還是順從地跟著安爾蒂西亞坐上馬車。

安爾蒂西亞心中已有了確切的答案。藉由魔女所施的法術，安爾蒂西亞多少也能掌握蘿吉亞的思考模式。所以安爾蒂西亞認為，自己應該知道她的下落。

（能死得其所，也算是種幸福吧。）

她這一生總算有個歸宿了。山脈的子民無論如何也無法捨棄這座山脈。就算要死，也得死在屬於自己的土地上。

（如果我是姑姑……）

若要選一個地方來當我的長眠之地……

——她原本就想在那裡結束自己的生命吧。

安爾蒂西亞帶著多茲加一同前往靡俄迪與菲爾畢耶的部落交界，比崗哨更深入山林的某處。

布染冰霜的雪白樹林，獨立於世的懸崖峭壁。

還有今日依舊斑駁灰白的寶城遺跡。

蘿吉亞與蓋亞第一次執劍對峙的場所。

過去這裡曾是一個國家，人們住在這裡，互相爭奪、彼此相愛，生活、然後死去。

彷彿受到吸引來到此處，安爾蒂西亞和多茲加總算如願見到蘿吉亞一面。

用力踏著已經冷到失去知覺的雙腳，踩在不時呼嘯吹過冷冽狂風的地面上。

這情景就跟夢裡一樣，安爾蒂西亞心想。

如今已不再漫天飛舞的純白雪片，就像剛洗好的白色床單。

而她就躺在上頭。

這是場永恆的、不會再醒過來的沉眠，全然的安寧祥和。

比實際年齡更加枯槁的肌膚，訴說著她這一生的生命濃度。

她是為戰而生，最後的雪螳螂，是她親手為這場戰役劃下休止符。

懷抱著足以親手砍斷自己頭顱的激情。

只有白色的絕望，祝福著她的——他們兩人的死亡。

（姑姑是否看見永遠了呢……）

僅剩的獨臂中，擁著她所愛的男人頭顱。

蘿吉亞的面容因枯瘦而凹陷，已經衰老到幾乎看不出她原本的意氣風發。

但她臉上的確掛著笑容。

美麗地、滿足地，彷彿忘卻了自己的死亡。

她幸福地笑著。

「……接下來，該怎麼做才好呢？」

身旁的多茲加開口問。眼前神聖的一幕讓安爾蒂西亞不敢輕舉妄動，甚至無法伸手碰觸。

她或許看見了永遠吧，安爾蒂西亞再一次這麼想。

捨棄了生來應該守護的部族。

與仇敵一起死去。

縱使信仰著不同的神，卻有幸窺見永遠的人類。除了「幸福」之外，還能用什麼詞彙來形容呢？安爾蒂西亞不知道。

「就這樣吧。」

就讓她這麼躺著吧，安爾蒂西亞輕喃。這是她給多茲加的答案，同時也是她的祈願。

希望這兩個人，能永遠這樣下去……

等哪天再降下紛飛白雪時，就能將他們倆包覆在一片純白之中。到了春天，他們兩人的身體也會隨著白雪融盡，回歸山脈大地，到時候，他們的靈魂也會歸回山林。

這樣就好了，安爾蒂西亞心想。

多茲加點了點頭。大半晌，安爾蒂西亞與多茲加就只是這麼靜靜佇立著。

第八章 凜冬的新娘

婚禮的腳步近了。靡俄迪的部落上下充滿活力，族長居住的宅邸附近也變得熱鬧起來。

蘿吉亞的失蹤為菲爾畢耶一族帶來些許陰霾，但露第一時間就以安爾蒂西亞之名下令中止搜索行動。不管是菲爾畢耶或是靡俄迪，那件事絕不能讓人發現。

沃嘉依然沉默地不置一詞。

（真拿那個男人的彆扭個性沒轍……）

一想到他，露不由得在心裡偷偷抱怨。

有什麼好戰的？又有什麼好憎恨的？

那不過是早該捨棄的古板思想，也是男人愚蠢的面子問題。到頭來，他不過是在測量安爾蒂西亞究竟有多少誠意罷了，露這麼想。

發現蓋亞的首級被盜時，沃嘉不可能沒有想到兇手就是蘿吉亞，畢竟也沒有其他可疑的犯人了。如果他真的想開戰，當下就是最好的時機，根本沒必要特地等到婚禮之日，他大可以正大光明地舉兵攻陷菲爾畢耶。可是沃嘉並沒有這麼做，說不定他只是討厭被身旁的親信制止罷了。

露也很清楚，男人的面子有時候可是比黃金還重要。

露只能一直把自己鎖在房裡，一心一意祈禱安爾蒂西亞平安歸來。就算沒有帶回蓋亞的首級也無所謂。

（還有對話的餘地。）

露已經下定決心，就由自己來當他們之間溝通的橋梁，絕不能讓戰爭開打。所以現在，她只能不斷祈禱安爾蒂西亞平安歸來。

離婚禮已經剩不到幾天了。為了抹去心中來回遊走的不安，露決定做她現在唯一能做的事。

她先是剪去自己的長髮，粗暴地割斷與安爾蒂西亞同樣的長髮。

銀絲般的長髮落在絨毛地毯上，接著又從安爾蒂西亞的行李中翻出她親自為她挑選的結婚禮服。

站在鏡子前面，露忍不住嘆氣。

（這樣的頭髮跟這件禮服實在……）

將精心挑選的禮服拿出來比對一番，果然已經不適合了。但現在也來不及再重新製作一套新禮服，如果要想辦法改變，只能從髮飾著手。

露拜託靡俄迪的侍女找看看有沒有適合的服裝，於是老邁的女管家顫抖著雙手遞上一包布巾。

打開一看，裡頭裝著一件老舊的禮服和新娘頭紗。

老邁的女管家雖然什麼都沒說，但看得出這件禮服的版型雖舊，卻是手工相當細膩的高級品，用不著詢問沃嘉或其他人，露馬上就猜出這件禮服為何人所有。

……這一定是上任族長結婚時所使用的禮服吧。

證據就是，這件禮服比露的身形稍微大了一些。不過沒關係，只要花一個晚上就能將尺寸改好了，露在心中盤算著。

自己映在鏡中的身影，幾乎快與靡俄迪的宅邸色調融成一體般再適合不過。

如此和諧的裝扮，可是露親自挑選的禮服完全無法比擬的。

（不過……）

這件禮服並不適合安爾蒂西亞。

無奈地嘆了口氣，露還是將手伸向一旁的配飾頭紗，正當她準備拿起頭紗時……

耳邊突然傳來叩叩幾下敲門聲。

「是誰？」

露出聲，詢問來者何人。

「……我來接妳了。」

囁嚅似的音調讓露瞬間變了臉色，急忙衝向門邊。

「多茲加！」

站在那裡的確實是露日日夜夜殷切期盼的身影。

多茲加看起來像是經過一番長途跋涉般疲憊不堪，但當露撥開他缺乏水分的灰白頭髮後，看見的卻是一張好似帶著淡淡笑意的平靜臉孔。

「多茲加，陛下呢……」

露只在乎這件事。在多茲加開口回話之前，長廊那頭又出現另一抹人影。

「是你——」

面對射來銳利視線佇足在長廊那頭的沃嘉，多茲加僅是抬起頭。

「我們回來了。」

挺直了背脊向對方報告。他的手裡並沒有太多行李。

搶在露和沃嘉開口之前，多茲加接續道：

「……安爾蒂西亞陛下有話跟您說。靡俄迪的族長大人……請您移駕到神之間一趟。」

多茲加的聲音低低的，感覺平靜而深沉。露覺得自己好像正在聽一個素不相識的男人說話。

「你的女王陛下怎麼了？」

沃嘉打探道。但多茲加的答覆依然簡潔：

「所有的事，都請到地下室再說。」

這甚至稱不上交涉，最多只能算是提示。沃嘉不悅地瞪著多茲加，順便斜瞥了露一眼。

「……妳那是在搞什麼鬼？」

他是指禮服嗎？還是指剛剪短沒多久的頭髮？雖然搞不清楚，露能給的答案都是一樣的。

「為了婚禮啊。」

用堅定的語氣說出這句話後，沃嘉沒再多說什麼，只是默默別開視線。

來到冰冷的地下室，沃嘉打開門鎖。隨著撲鼻而來的獨特異香，眼前的門扉無聲開啟了。

「？」

手裡提著煤油燈的沃嘉不敢置信地瞪大雙眼。除了他手裡的煤油燈之外，房門內側竟透出另一盞光源。

「……好久不見了。」

傳入耳中的是熟悉的低沉聲音。站在失去頭顱的蓋亞身前的那道身影，無疑就是真正的安爾蒂西亞。

「陛下！」

露激動地朝她奔去。

「陛下，您平安無事吧！」

安爾蒂西亞也和多茲加一樣因長途跋涉而面露疲態，但她散發出的高雅氣質並沒有絲毫黯淡。露此刻總算能放下心中一塊大石。

安爾蒂西亞看著露，「這段日子辛苦妳了。」輕聲說完後，還漾開一抹淡淡微笑。

這抹淺淡的微笑，卻讓露怔愕地瞪大眼睛，在心裡投下一枚震撼彈。

露和安爾蒂西亞相知相識多少年，分開的時間幾乎屈指可數，但安爾蒂西亞此刻的神情卻是露未曾見過的。

「……害蟲的生命力還真是強韌啊。」

沃嘉低啞的聲音插入她們之間。不知何時，多茲加也已經移步站到安爾蒂西亞身旁，只剩下沃嘉一個人佇立在神之間的入口。

「妳是怎麼進來的？」

將視線從安爾蒂西亞身上移開，沃嘉用不悅的語氣質詢。能夠進入這個聖地的鑰匙，應該只有沃嘉身上那一把才對。但為何安爾蒂西亞竟能夠早一步在他到來之前，就已經站在房裡呢？

「如果我這麼做讓你不開心，我很抱歉。我只是想找個不會引人注意的地方和你把話說清楚。」

「我問的不是這件事。」

沃嘉一字一句地反問安爾蒂西亞的回答。

「我是問妳怎麼進來的。」

「你不是早就知道了嗎？」

安爾蒂西亞微側著頭說。接著默默掏出一條銀色的鎖鍊，懸在鎖鍊下方的是一把小小的鑰匙。

沃嘉瞪著那把鑰匙，強烈的目光彷彿包含了千頭萬緒理也理不清的紛擾情緒。

「關於這次的事件，犯人的確是菲爾畢耶沒錯。」

安爾蒂西亞的語氣平淡地像是在照本宣科。

「是菲爾畢耶一族中……我的姑姑蘿吉亞偷走的。」

沃嘉沒有出聲。

果然安爾蒂西亞也已經知道這件事了，露悄悄將身子更偎向安爾蒂西亞。

「安爾蒂西亞大人，那是……」

露還沒說完，安爾蒂西亞又再度開口：

「但是，她這麼做也是上一任族長，蓋亞的心願。」

喀啦……安爾蒂西亞將手中的鎖鍊，纏在永生的蓋亞懷中的那隻斷臂指間。

就像將這把鑰匙物歸原主。

「她一直拿著這把鑰匙。不、不對，她一直受託保管這把鑰匙……這便是一切的答案了。」

沃嘉還是沒有開口。只是露出幾乎要將人射穿的強烈視線。

「那頭顱呢？」

他沉聲問。

安爾蒂西亞輕輕閉上雙眼。

「就由山脈來弔慰他們兩人吧。」

這就是安爾蒂西亞的答案。而這句話，也讓露完全領悟了。

──啊啊，前塵往事總算可以放下了。

可是沃嘉的表情卻凍結了。糟了！露感覺得出來，他表面看來冷靜，其實心中的怒火正狂猛燃燒著。

四周冰冷的空氣也因他散發出的暴戾氣息而緊繃。

「……妳以為這麼說，就可以一筆勾消嗎？妳以為這麼一來，我和妳就能攜手舉辦一場幸福的婚禮？」

他的聲音低沉而冷冽。只要能好好對話就沒事了，露想這麼告訴他們。

只要一個晚上就夠了。只要沃嘉和安爾蒂西亞能坐下來好好交談，他們一定能互相理解的。

但在露出聲之前，安爾蒂西亞已經先輕輕頷首。

「沒錯，我想和你談的就是這個。」

安爾蒂西亞的聲音同樣低沉，語氣平靜無波。

「在那之後，我也想了很多。雖然想了很多……不過我的骨子裡，果然還是流著蠻族的血液啊。」

唰──耳膜深處迴響著類似絲線被快速抽離的聲音。

半晌過後，露才發現那原來是拔劍出鞘的響聲。

神態優美地將兩把大小不一的彎刀執握在手中，安爾蒂西亞吐出一句教人不敢置信的話。

「──靡俄迪的沃嘉，拔出你的劍吧！」

像是在邀請他參與一場無謂的遊戲，安爾蒂西亞的語氣依舊淡漠。

「開戰的時間到了。」

露悽愴地呼喊著安爾蒂西亞的名字。露從不曾在自己面前表現出如此驚慌失措的樣子，她和沃嘉之間是不是發生了什麼事？而且，露大概也已經察覺上一代之間的愛恨糾葛了吧——安爾蒂西亞心想。

露無法理解安爾蒂西亞怎麼會突然拔刀相向，只能拚命懇求安爾蒂西亞中止這場戰鬥。

所以多茲加制止了她。抓著露的手腕，冰寒的石室裡不斷迴響著露痛心的哀號。

「這到底是怎麼回事？陛下、陛下！」

既然有人代替自己問了，沃嘉就只須保持沉默瞪著安爾蒂西亞。

但他那雙銳利的視線同樣也在要求安爾蒂西亞說明清楚。

「我是菲爾畢耶。」

安爾蒂西亞丟下這句話後，露也安靜了下來。

「身為菲爾畢耶的女人，我果然還是無法和根本不愛的男人共結連理。」

安爾蒂西亞是菲爾畢耶。在她體內，同樣燃燒著就算是死，也要和深愛的男人執手偕老的激情。這是她與生俱來的民族血性。

如果我的婚禮不是以愛為基礎，蘿吉亞姑姑也絕對不會樂見的——安爾蒂西亞這麼說。

「……事到如今，還說這些做什麼？」

沃嘉抽搐似地扯出一抹獰笑。妳該不會瘋了吧？那笑容像正這麼諷刺著。

「如果妳想開戰，為什麼不乾脆率領菲爾畢耶攻過來？」

「因為沒有那個必要。」

安爾蒂西亞回得簡短。

「這是我和你之間的戰爭。」

「……為了什麼？」

妳難道是想先引發主將之戰嗎？沃嘉追問。

不是的，安爾蒂西亞閉上眼，搖了搖頭。

「這是為了釐清那些只有以劍相交才能知曉的事實的唯一辦法。我認為愛到想吃掉對方的激情，一輩子只會有一次。」

而那個唯一，已經存在我的心裡了。

「如果要將那個唯一換成你，除了以劍相交之外，我不曉得還能怎麼做。」

所以拔出你的劍吧，安爾蒂西亞再度重申。

沃嘉的寶劍依然懸在他的身側，兩人都沒換上護身的金屬鎧甲。

安爾蒂西亞說，這樣我們的立場就相同了。

「你也想和我好好戰一場吧？我曾說過我願意接受，所以就趁現在，在這裡把你心中的不快通通發洩出來吧。」

好一會兒，沃嘉依然繃著嚴峻的表情，抿成一條線的嘴唇緘默著，但慢慢地，他微微勾起了唇角。

「……果然，蠻族打骨子裡就是笨蛋。」

浮現在他臉上的是抹笑容。有些疲憊、有些不由自主的笑容。

「為何長年以來，你們這些笨蛋居然都沒有滅亡，我還真想知道原因啊。」

「你馬上就會知道了。」

安爾蒂西亞握緊彎刀，輕聲囁嚅。

「……為了所有的菲爾畢耶和靡俄迪。」

願妳能贏得勝戰。

耳邊還依稀能聽見蘿吉亞的祈願聲。

「放開我，你快放開我啊……！」

在多茲加的壓制下，露只能拚命扭動身軀試圖逃脫，但多茲加短短的手指絲毫不放鬆地掐進她的皮肉裡，同時也奪走她的自由。

「陛下、陛下為什麼……」

「妳冷靜一點。」

多茲加在耳邊輕喃，他的聲音實在太過沉靜，反倒觸怒了露緊繃的神經。

「為什麼？這樣不是太奇怪了嗎！」

露本以為只要安爾蒂西亞平安歸來，一切就能有個圓滿的結局。菲爾畢耶和靡俄迪一定能和解的，婚禮也能風風光光如期舉辦。露早就決定了，她也會和安爾蒂西亞一起勸導沃嘉。

但是，安爾蒂西亞卻在這時主動拔劍相向。

「這是陛下的決定。」

「你騙人！」

露再也無法忍受，只能絕望地垂下脖頸，更增添石室裡的緊張氛圍。多茲加箝制的手更用力了，幾乎在她纖細的手腕上留下瘀血的痕跡。

隨著踢踏地面的聲音傳入耳中，菲爾畢耶彎刀與靡俄迪長劍互相攻擊的尖銳碰撞聲刺痛了耳膜。

「……唔！」

光是聽到聲音，露就忍不住感到恐懼，身體縮成一團不停顫抖。

已經開始了。

靡俄迪的沃嘉和菲爾畢耶的安爾蒂西亞。兩族的族長破壞了堅守十年的停戰盟約，也打破了兩族之間的和平，他們正執握刀劍以暴力彼此對峙著。

力量與力量的抗衡。

這並不是練習或比賽，露也知道所謂的戰場是怎麼回事。

全身的寒毛都為之豎起。眼前這幕景象——

是殘暴的殺戮。

為什麼？露不由得想。安爾蒂西亞不是希望能和平解決嗎？不，就算她並不這麼希望，她仍是因為這個原因才被賣到靡俄迪來的呀！

為了結束血腥的殺戮爭戰，她必須奉獻自己的戀情。

露曾認為這種事情無聊至極，露曾說過擅自決定這種事的亞狄吉歐簡直是個惡魔。但這種認知，也是因為她明白安爾蒂西亞的確會為了部族的和平而犧牲自己不是嗎？

「多茲加……」

你快阻止他們……露只能把僅剩的希望寄託在身旁的多茲加身上。當他們兩個正式開戰後，多茲加就已經放開露了。沒錯，她已經無力阻止了。

但藏在那頭灰白亂髮深處的眼瞳，正以露從未見過的銳利視線緊盯著互相對峙中的兩名族長。

他的手正按在隨身的短劍劍柄上。

他正在解讀這場戰爭。

（多茲加在守護著陛下。）

沒錯，他手裡的武器就是為了守護陛下而存在的。既然這樣——

（陛下就不會死了……？）

可是……

（可是，沃嘉呢？）

手裡握著婚飾頭紗，全身上下止不住戰慄，雙眼透露著迷茫無措，但露還是抬起頭。

那個人該怎麼辦——

最初一擊的重量讓她有強烈的熟悉感。

以雙手揮擊的靡俄迪長劍很重。安爾蒂西亞至今並未直接與靡俄迪長劍交手過，她思索著這種熟悉感究竟來自何處，終於在承受下一波襲擊時喚起了內心的記憶。

（是姑姑……）

在魔女施法的夢境中，安爾蒂西亞確實藉由蘿吉亞的身體，感受到蓋亞沉重的揮劍力道。

啊啊，他們果然是父子啊——安爾蒂西亞不禁這麼想。

逼向眼前的刀刃，讓她覺得有點懷念。

交疊兩把彎刀，握著短刀的手再怎麼使力，在力量上也比不過對手，安爾蒂西亞早就看穿了這一點。她集中所有注意力在刀劍行進的軌跡上。才剛歷經長途跋涉歸來的安爾蒂西亞一路上累積了不少疲勞，這並不是一場有利於她的戰鬥。

視線一角還能瞥見露崩潰地用手覆住臉孔傷心啜泣的模樣。

但安爾蒂西亞無法放太多注意力在她身上。

「！」

那強而有力的一擊只是假動作。

沃嘉真正的狙擊目標是自己的雙腳。靡俄迪的劍術並不如菲爾畢耶揮灑自如，所以他們潛心鑽研格鬥體技，也相當擅長此道。

只要有一瞬間的空隙，自己的項上人頭恐怕就不保了。

安爾蒂西亞並不想死在他的劍下，但也沒有殺了沃嘉的打算。可是，不管是殺人或被殺，若沒有勇於承受的覺悟，打一開始她就不會要求以貨真價實的刀劍來決一勝負。

靡俄迪族長的劍術紊亂無道，太過青澀。卻仍有著足以殺敵的勁道，體力也相當充沛。

他一一擋下了安爾蒂西亞的攻擊。

那一瞬間，他笑了。

安爾蒂西亞綻放出冷峻波光的眼瞳深處，同樣也染著笑意。

啊啊，真是有趣。

這樣的想法同樣也在安爾蒂西亞心裡發酵。因為她血液裡流著蠻族的基因，但在此同時，卻也感到一絲絲失落。

為了揮除竄上心頭的失落感，他們又使出全力奮力交戰。

「啊！」

無處可避的揮劍軌跡直接砍向安爾蒂西亞的肩口。

劇烈的痛楚讓安爾蒂西亞的意識瞬間渙散，不管這一劍有沒有構成致命傷害都不重要。

可是這一擊確實對安爾蒂西亞帶來極大的傷害。所以沃嘉扯開嘴角形成一抹獰笑，安爾蒂西亞並沒有看漏他這一點情緒起伏。

就算肩膀受到重創，安爾蒂西亞還是用那隻手重新握緊大彎刀。肩膀雖然負傷了，還好仍能依安爾蒂西亞的意志活動。

「？」

忽而從旁射來一把菲爾畢耶的彎刀。銳利的刀刃像極了不斷迴旋的迴力棒，深深嵌入沃嘉的膝頭。

沃嘉痛得發出吼叫。赤紅的鮮血在昏暗燈光的照射下，只見一片漆黑。

噴灑出的黑色液體是屬於自己的嗎？還是對方的？

沃嘉單膝跪倒在石地上，身體已失去平衡。

（我贏了！）

將手中的武器高舉揮下。

目標是他的頭顱。安爾蒂西亞沒有發出聲音，只在心裡大喊。

——受死吧，靡俄迪。

當沃嘉的長劍砍在安爾蒂西亞肩上時，多茲加的劍就已出鞘。

（不行！）

露在心中大喊安爾蒂西亞，大喊多茲加，也大喊著沃嘉的名字。不行、不可以——露心想。她已經無法判別，到底誰才是自己最堅決要保護的人。

凍結的視野中，只看見原本該給安爾蒂西亞致命一擊的沃嘉突然失去平衡跪倒在地。高高舉起的，是安爾蒂西亞手中的那把利刃。

（不行！）

當悲鳴逸出口時，露的身體立刻彈也似地從地上跳了起來，然後——

安爾蒂西亞原以為能一舉拿下他的項上人頭。

但當刀劍揮落的瞬間，竄入視野中的卻是熟悉的銀髮，出現在眼前的人……

（是我嗎……？）

難道會是姑姑？

彷彿置身幻覺中，安爾蒂西亞看見手裡的短劍插進了自己的身體裡。

一直到噴濺的鮮血灑了自己滿臉。

安爾蒂西亞的雙眼和腦袋才霎時明白眼前的狀況。

「不行……不可以啊……陛下……」

倒在靡俄迪族長沃嘉身旁，張開雙手護住他的不是別人，而是安爾蒂西亞的影子——露。

「露……」

雙手清楚地感覺到，自己確實把劍刺進了人類的血肉皮膚裡，但也本能地察覺到那還不足以構成致命性傷害。藉由握劍的手，安爾蒂西亞知道自己並沒有砍斷對方的骨頭。

「……妳是笨蛋嗎？」

沃嘉呻吟似地輕喃出聲。

安爾蒂西亞揮下的短劍，毫無偏差地襲往以肉身護住沃嘉的露頭部。可是阻礙刀劍劈砍落下的，卻是沃嘉緊緊抱住露的頭的手背。

雖然鮮血四溢，沃嘉還是用沒受傷的另一隻手拔下刺入手背的那把短劍。

不管只是單純的偶然、或早在他的預料之中，剎那間的敏銳反應簡直如神之手般教人驚嘆不已。

「求求您……」抬起被淚水濡溼的面孔，露望向安爾蒂西亞哽咽乞求。

「求求您，不要再打下去了，這是我……這輩子唯一的一次請求，求求您不要再打了，陛下……」

請不要再繼續互相殘殺了。

安爾蒂西亞茫然地看著趴跪在地上的另一個自己。

安爾蒂西亞從不曾流淚哭泣過。露卻是個隨時隨地都能假哭，但絕不會在人前流下真正眼淚的少女。

然而此刻，她一邊流下眼淚，一邊還拚命護在沃嘉身前。

「沒問題的，一定沒問題的。」

她用顫抖的聲音努力訴說，對安爾蒂西亞一再重覆著「沒問題的」。

「沒問題的，你們一定能相愛。陛下一定也能愛上這個男人的。」

有個靡俄迪的少女曾對自己說過，她想學會原諒。

同時她也說，希望自己能被原諒。

露認為，這並不是不可能的事。

「……沃嘉是個非常誠實的男人，他一定會讓陛下了解的。」

了解什麼叫作「永遠」。

看著夢囈般不斷重覆同一句話，哭得梨花帶淚的露，「……不是的。」安爾蒂西亞喃喃回道：

「不是的，露。真的很抱歉。」

安爾蒂西亞闔上雙眼，無奈地仰頭發出低啞的喟嘆。

「……我的愛戀，這輩子只有一次。所以……我辦不到，我沒辦法和沃嘉結婚。」

原以為刀劍相交後，情況會有所改變。

只可惜，什麼都沒有改變。這份失落也讓安爾蒂西亞看清了現實。

安爾蒂西亞並不是蘿吉亞。會有這樣的結局，也是理所當然的。

「露。」

安爾蒂西亞收起下顎，緩緩低頭。

「……妳願意……達成我的心願嗎？」

她對茫然抬頭望著自己的露這麼說。

安爾蒂西亞用顫抖的聲音輕輕開口：

「……請把妳的人生——給我吧。」

「愛戀」，這兩個字居然會從安爾蒂西亞口中說出來。

這是露想都沒想過的事。

長伴她身側的露偶爾能感覺到，她胸中有一團烈火熊熊燃燒著，卻無從得知到底是為什麼。雖然感覺得到，但安爾蒂西亞在那之後就深深藏起自己的心，露原以為她會死守著那個祕密一起帶入黃泉。

婚禮與寢室對她而言都是戰場，露原以為這句話對她而言也是種禁忌。

所以露經常為了這件事，在人後暗自飲泣。

露不只一次想過如果能代替她承受這段生命，那該有多好。如果能變成安爾蒂西亞……

當一個代替她出生入死的替身，一路追隨著她的情感起伏，如果這麼做，都是為了成為她。

這樣的心願實在太超乎常理了，露甚至不敢向上蒼祈求。

但是，安爾蒂西亞說了。

她說，她想要露的人生。

她想奪走屬於露的一切。先是奪走露的出生、奪走露的名字、奪走時間、甚至……奪走她的人生。

湧上眼眶的淚水不斷濡溼臉頰。

「陛下……」

我唯一的一位，女王陛下。

「……我很樂意。」

露的回答聲中溢滿欣喜。

——是的，一直以來……我都是這麼渴望的啊。

幾天之後。

靡俄迪與菲爾畢耶舉行了婚禮，盛大隆重得幾乎動員了全山脈的居民。

當然也有些地方是無法照計畫進行的。像是長久以來為了促成這段姻緣而位居大使之職，來回奔波於兩族之間的菲爾畢耶蘿吉亞。她還來不及參加婚禮就因病逝世了，這件事也讓菲爾畢耶的人民感到萬分失落與不捨。

也許是顧慮到菲爾畢耶人民的心情，原本應該列席參與這場婚宴的前任族長．蓋亞的永生之身也從婚禮流程表中刪除了。

比起死去的人們，這是一場為了祝福活在當下的婚禮。

當新娘的身影出現在兩族人民面前時，靡俄迪的長輩們無不發出喟嘆。

裝飾在她身上的，與沃嘉已撒手人世的母親當年出嫁時穿的新娘禮服簡直如出一轍。

菲爾畢耶的子民也被散發出不同於以往冷漠氣質的美麗女族長震懾了目光。

到今天之前，菲爾畢耶的安爾蒂西亞一直以她的冰冷與強悍，還有那美麗的容貌為人所稱道，是個在神話故事中才會出現的，像女神一樣的人物。

可是當她站在靡俄迪的沃嘉身邊時，她只是個平凡的少女、是個普通女人，而且還是個甘願被幸福綑綁一生的絕美新娘。

菲爾畢耶的子民看著她，開始似真似假地謠傳起一定是戀愛讓她改變的。原來愛情真的能改變一個人那麼多啊……每個人都露出一副釋然的表情。畢竟在這座山脈中，菲爾畢耶的女人體內存在著比任何人都更強烈深沉的愛情。

而站在她身旁的沃嘉，在婚禮上仍不解風情地配戴一身防護鎧甲，但為了依偎在他身旁的美麗新娘，沃嘉誠心地接受大家的祝福掌聲。

禍根並未完全拔除，還是有人對兩族聯姻感到不滿與反感。

不過這麼一來，漫長的血腥戰爭就真的結束了。

這是為了某個人，還有自己的幸福祈禱，充滿祝福的好日子。

婚禮的鐘響震動耳膜，終於到了該交換誓約之吻的時候。

唇瓣分離後，靡俄迪的族長很苦悶似地扭曲著臉孔，反手抹了抹自己的嘴角。

但浮現在他的嘴唇上的豔紅血痕，靡俄迪和菲爾畢耶可都沒有漏看。

菲爾畢耶的女族長微微笑著，美麗的女族長綻開了笑容。她將自己的堅定心意以咬破新郎唇瓣的舉動向所有的菲爾畢耶、也向所有的靡俄迪宣誓。

——我愛你，愛到恨不得能吃了你。

人稱雪螳螂的菲爾畢耶女子總是懷抱激情，深愛著命中註定的男人。

呼嘯而過的是這座嚴峻山脈的寒冬。

但就是這番刺骨的嚴寒才足以代表山脈的豐沛，從天而降的紛飛冰雪悄悄落在新娘的頭紗上，將這場婚禮點綴得更如夢似幻。

是的，她就是這場婚禮最美麗的寒冬新娘。

尾聲　絕美春景

因族長的大喜之日而熱鬧沸騰的靡俄迪廣場上，菲爾畢耶族長的貼身侍衛多茲加與一個戴著面具的戰士就站在角落處。

有些走過身邊的人認出了多茲加，但多茲加只淡淡回答自己已經被免職了。

是的，安爾蒂西亞陛下已經不再需要貼身侍衛了。

因為，已經有其他人會好好守護她了。

多茲加當然不可能真的離開族長，他只是卸下貼身侍衛的身分，成為為族長分勞的親信之一。而另一個總戴著面具、新來的族長親信，無論何時總是與多茲加緊緊黏在一起，好像兩個人永遠不會分開一樣。

離開了那場盛大婚禮的祝賀之列，兩人共駕著雪地馬車來到一片布滿白雪的平原。

婚宴敲響的鐘聲都傳到這裡來了，可是附近並沒有其他人的身影。

「……真是漂亮啊。」

卸下面具，戰士讚嘆道。拿掉面具後的那張臉，與剛才在婚禮上的新娘簡直像是一個模子刻出來的。

她的名字叫安爾蒂西亞，但從今以後，大概不會再有人用這個名字叫她了吧。

晴朗的天空緩緩飛散著細小的冰雪碎片。彷彿是冰凍的天使羽翼破碎墜入凡間了呢，如此詩情畫意的感想悄悄在安爾蒂西亞心中萌生。

「——這樣真的可以嗎？」

多茲加看著對方細緻優雅的側臉，開口詢問。

「其實我……也以我自己的方式，做好了得像個蠟像般度過餘生的心理準備了呢……」安爾蒂西亞只是微微一笑，輕聲回應。

這種說法並不算是回答，安爾蒂西亞也問：「那你呢？你原本打算怎麼做？」

「如果我……那時候就被靡俄迪族長殺了……」

「在那之前，我一定會先殺了那個族長。」

多茲加笑也不笑，無比認真地回答安爾蒂西亞的問題。他毫不猶豫地說出這句話，如果真的到了非這麼做不可的地步，他一定也不會有半點遲疑吧。

多茲加沉默了好一會兒，才又小聲地加了一句。

「也或許……我會先殺了安爾蒂西亞大人，然後再──」

安爾蒂西亞微側過身追問：

「像姑姑那樣嗎？」

「……應該是……像蓋亞大人那樣吧。」

是嗎，安爾蒂西亞點了點頭。

回想起當時的狀況，安爾蒂西亞也覺得自己窺見了何謂永遠。

不管是安爾蒂西亞或多茲加，雖然並不完全相同，但在某個層面上，他們都看見了超越死亡的永遠。說不定露也是，沃嘉也是。

在安爾蒂西亞的胸臆深處，已經為菲爾畢耶的激情下了註解。

「那份愛戀，就是永遠。」

冷風拂掠過喉間。那是引導著祝福與葬送死者魂魄的山脈寒風。

「……我有很長一段時間……」

站在陷入沉思的安爾蒂西亞身旁，多茲加怯怯地出聲：

「在我母親死前，我一直都不懂……她為什麼能狠得下心對我出手。」

安爾蒂西亞揚起眉毛，瞥了多茲加一眼。雖然和多茲加共度了不算短的時間，但這還是安爾蒂西亞第一次從他口中聽到「母親」兩個字。

多茲加很慎重地，像是在挑選適合的詞彙般，低著頭開口：

「其實……我是個混血兒。」

從他口中發出的，是嘶啞、顫抖的聲音。

「我的父親是菲爾畢耶，母親卻是靡俄迪。在血腥的戰爭中，我並不知道他們是怎麼邂逅的……」

多茲加輕輕按著自己的眼角，接著說。

「會想毀了我這雙眼睛……大概是，我母親最後的溫柔吧。」

他用痙攣顫動的指尖緩緩撥開覆蓋住大半張臉的灰髮，露出那張一半以上都已經焦黑變色的臉孔。拉開痙攣發皺的臉皮，睜開刻下傷疤的眼瞼，露出的是漆黑如墨的眼瞳。

跟那頭灰髮一點都不相配，那是證明他體內流有靡俄迪血緣的濃豔色彩。

生於戰爭與迫害之中，存在於體內的驕傲大概也早被撕裂毀壞了吧。

「可是您……」

但身陷絕望之中，多茲加還是發現了那一道光芒。

「……您對我說過……是菲爾畢耶……」

多茲加的聲音無法抑止顫抖。

像是膽怯，又像是歡愉。

「——我是……菲爾畢耶。」

是您讓我活下來的，多茲加這麼說。

「您並沒有缺少什麼，因為您就是我唯一的女王陛下。」

她知道，多茲加一直都好想把那件事告訴自己，甚至不惜打破禁忌。

安爾蒂西亞微微一笑，喃喃低語：「這業障還真是深啊。」之後就沒再多說什麼了。

我記得。

我當然記得。記得我與你的邂逅，記得我灼燙發熱的心。

多茲加說，是自己讓他活下來的。但是，對安爾蒂西亞而言，那次的邂逅何嘗不是讓自己有了繼續生存下去的勇氣呢。

現在、還有從今以後，他依然會跪在安爾蒂西亞身前，就算沒有名字或失去了降生在這個世界上的意義，他仍會為了她的驕傲好好活下去吧。

安爾蒂西亞看著眼前飄落的雪花，仰望天際。

這座山脈就是嚴冬。凍結一切的冰寒雖然也很美麗，但再過不久，即將到來的春天一定會將山脈的天空染上美麗的七彩顏色吧。

融化的積雪再也不會混雜汙濁的血色。

山脈的春天已經近在眼前了。

END

異傳

踩著惡魔的魔女

據說，在這座山中，會從天上降下雪白的絕望，從地上湧出金黃色的希望。

這是塊呼吸時肺部都會凍僵般酷寒的土地，沒有人是因為喜歡才住在這裡的，但在這座山中，有個極為富庶的小國。

可以運來岩石建造王城，城下還有個不小的市街，最主要是因為地下能夠開採出非常豐富的財富，可以補上這塊土地的嚴峻不足。

據說是會湧出黃金，但其實這個國家所擁有的礦脈所開採出來的並非黃金，而是稱為寶之石的礦物。擁有強大的魔力，流傳到越遠的地方其價值就越高。國民們都很富有，當然，也有掠奪這些財富的人。

山中除了寶之石的小國之外，還有一些古老部族座落其中。小國以金錢雇用這些部族中人來守護國家。只要有湧現而出的財富，不管多少人力都買得到。古老部族被稱為蠻族或狂人，但在財富的力量之下仍然維持一定的平衡。而最重要的是，若想要從外部攻打這個國家，極為險峻的山壁就像是一座高聳的城牆。

雖然是個封閉的王國，但國王與王妃都非常善良，國民在嚴寒之中也互相溫暖寬大地對待彼此。但這全都是因為，財富就這樣從地底下湧出來之故。

這個世上沒有永遠的繁榮。但不管是誰，都無法想著明天就會死掉地活下去，雖然知道財富總有一天會枯竭，國民們都想著那只是「總有一天」的事。

那一天，那一年的那個時節，造訪山脈的，究竟是天上的恩賜，還是地上的末路呢？

在下著暴雪的酷寒之夜，王城中誕生了嬰孩。

是感情和睦的國王夫婦，以及眾人期待的繼承者，是個黑髮的王子，是應該受到所有人民祝福的生命才對。然而，並非如此。

幾乎與此同時，採礦場幾乎開採不出任何礦物的消息傳到國王耳裡。國王並不相信。他想，只要重新挖掘，就能找到下一個礦脈。採礦者照做之後，發現礦物完全消失，工人們都知道了這件事，完全無法隱瞞。這是一塊除了採礦之外只有白雪的凍土，無法培育作物，古老部族都裹著野獸的皮革生活。沒有財富就無法購買糧食，人們開始挨餓，人心開始敗壞，國王對此毫無應對之計。國民們無法持刀狩獵，回到古老的生活方式，只能求取爭奪殘存的少許財富。而憎恨開始滋長。

王城被稱為寶之城，有流言說，在這裡生活的國王與王妃獨占了最後的礦物。於是人們開始憤恨，這樣的情緒不斷不斷地持續累積沉澱。

飢餓的人民開始憎恨國王、憎恨王妃，明明相同種族、生長在同塊土地上，然而憎惡累積之後，變成忘我地殘酷。發生了暴動，國王與王妃被自己的人民投入火中，無法逃跑、也無法抵抗。當然，財富沒有因此回來。人們的憎恨還沒有結束，他們開始覺得，王子就是礦物消失的詛咒根源。其實，只是王子出生恰好與不幸發生的時間重疊而已，但這樣想的話是活不下去的。那麼，若是將王子當成供品，礦物會回來嗎？為了知道這一點，山中的人們在冬季最寒冷的時節，前去拜訪魔女。

棲息在山谷之中的魔女，被稱為盟約的魔女。她住在只有冬天最嚴寒時節才能進入的山谷之中，人民拜訪擁有魔之睿智的魔女，詢問：

「殺了王子，礦物會再湧現出來嗎？」

魔女的答案是否定的。「寶物不會回來唷。」並且，她告訴人民，如果殺了王子，那麼，悲慘地死去的國王與王妃的執念，將化作致死的疾病爆發開來。於是，人們無法殺死王子。他們懷抱著絕望，踏著沉重的腳步回到王國之中。

失去了國王，失去了王妃，王國崩落了。

不曾與人類接觸的亡國王子，被關在寶之城的遺跡中，那是一座狹窄的高塔，就連想看看城下的樣子也不行。一邊等著不知何時會到來的處刑之日，從小小的窗戶可以看到的，只有雪白雪白的絕望；一年之中只有極短的期間可以看見花開，看見春日的美景。

在這塊土地上，絕望是白色的。

春日的美景只有那麼一瞬間。為了將這瞬間化為永遠，王子在牆壁上作畫。牢獄之中沒有畫具也沒有筆——他咬破自己的手指——王子以自己的血描繪著春日景色。那是彷彿地獄般的光景。毫無疑問地，那是一幅詛咒。

也是美麗的春日景色。

寶之城外，人們常常爭鬥。失去財富與希望後，國民彼此吞噬、搶奪，並且急速地衰敗。古老部族人民也已不為他們所用，而是取出刀刃，爭奪山脈的霸權。山城進入長久的戰爭時期。

當已經無人記得被幽禁在城堡遺跡中的王子時，有人來迎接他了。不是他的父親，也不是他的母親。王子是不被任何人愛著的人類之子，是彷彿只為了牆壁上那片地獄而生存的生命。

來迎接的他並非人類。

那巨大的黑影，擁有尖角，三對共六隻手，石榴般裂開的大嘴，從遙遠的南方，從夜之森前來傳話。

那是醜陋的魔物。

然而王子無法判別人類與魔物誰比較醜陋。因為他是從出生以來，就只看見人類醜陋面的王子。

魔物告訴人類的王子，他正在尋找國王。

魔物遙遠的故鄉夜之森，將進行數百年一次的國王更迭。他正在尋找下一個國王。

他如此告訴被囚禁的王子——

你想活下去嗎？

你有捨棄人類的身體，捨棄有限的生命，以魔王之姿生存下去的覺悟嗎？魔物問王子。

被囚禁的王子對於這個問題，回以肯定的答案。就算要他捨棄人類、捨棄國家、捨棄他的心，墮落為魔。

我想活下去，王子回答。
不知喜悅為何物，從來沒有被誰愛過。
就算是這樣，仍然可以描繪出美麗的畫。
寶之城也會一直腐朽下去成為遺跡，而在王城遺跡上，潔白潔白的雪也會一直落下，直到覆蓋一切為止。
沒有追兵，也沒有人發現王子消失了。那一年冬天特別嚴寒，國民中無人能從貧困之中熬過冬天。
目送捨棄國家、捨棄人類身體的寶之國王子的，只有魔女一人而已。

在主人消失的牢獄之中，盟約的魔女降臨而立。
據說她絕對不會離開山谷，但是，沒有人知道理由。這是因為，比人類活得更久的她，使用自己的影子封印惡魔。為了執行約定的力量，住在她足尖與腳踝上的惡魔，稱為盟約的惡魔。為了停在自己的影子上，魔女絕對不會踏出白雪之外。
然而，踩著惡魔的魔女，就算只有一次也好，也想要看看王子的畫。用血描繪出來的畫，擁有就連遙遠異國的魔物都被魅惑的美麗。

睽違了幾年，踏上居住的洞窟之外的堅硬地面。白色世界的明亮射入小小的窗戶，盟約惡魔浮了上來。

那聲音，歡喜得顫抖。

——真是美麗啊。

——這是禍害啊。

——這簡直是，詛咒啊。

盟約惡魔細語著。這幅畫中帶有毀滅的詛咒，從這道牆上落下，緊緊附在山上，然後，成為死亡之風吹向山裡。

他被軟禁，父母被燒死，國民也連一個人都不剩了。住在山脈中的人都會受到詛咒吧。就連那揮著兩把刀的雪螳螂，以及期望永生的信仰之民也一樣。

詛咒的疾病隨著白雪一起降下，被吹拂的風帶著，無人能逃離。

人類的愚蠢不斷流轉，山脈中吹著絕望的風。

「然而，這還不是永遠。」

魔女說。她撫觸著以血描繪而成的詛咒的畫。

「就算毀滅，也不是永遠。在這片大地上，永遠都有深刻的愛與戀，就算是那個王子，也或許會有那一天。」

或許，在遙遠的異國。

或許，在黑暗的夜之森深處。

或許能夠找到永遠的愛。

惡魔笑了。踩著惡魔的魔女閉上眼睛。自此將腐朽而成為詛咒的畫，究竟有多麼美麗啊，又會是多麼強大的詛咒啊。彷彿要烙印在心中一般。

寶之城現在，以及往後，都會不斷降下冰冷而雪白的雪。

山脈中的人民互相爭奪、憎恨，但以後也會看見永恆的戀情。

踩著盟約惡魔的魔女再也沒有造訪此處。

而在這處遺跡中，夜之森的魔王來此種植一朵紅花，已經是更久、更久以後的事了。

希望這塊土地上，魔不再來。

如果有所謂的永遠，如果有所謂的奇蹟，為此悄悄地伸出援手。

寶之城的遺跡上，這個冬天，也降下潔白、潔白的雪。

END

後記 ——為了新的旅程——

從沒想過我會看到這樣的景色。

十五週年的企劃，發行了從《角鴞與夜之王　完全版》起始的食人魔物三部曲，以及《毒吐姫與星之石　完全版》、短篇集《15秒のターン》＊註2，最後的最後，我在結束這本《雪螳螂　完全版》的工作時，最為了其中所展開的世界而感到驚訝。

本書雖說是完全版，但也不代表電擊文庫版本就不完全。再次出版時，角鴞與夜之王最沒有修改，ＭＡＭＡ則是連細微之處都著手修改了；而另外，最讓我卡住的就是這本《雪螳螂》。咬著牙，於迷惘之中仍然鼓起勇氣，切肉斷骨，大幅變更修改的，或許就是本作了。改變的並不是表現手法或故事構成，而是更本質的部分。

註2　此為日本出版狀況。

並不是哪個版本比較好，或比較正確，只是反映出年齡的變化罷了。

電擊文庫版本有許多岩城拓郎那震撼人心的纖細插畫，這次沒有插畫的幫助，我真的非常不安。但是，我仍然相信，我還是寫出了一些經歷歲月過後才能寫出來的東西。

我的十五週年完全版，完全靠ＭＯＮ的插畫撐起來了，非常感謝。真的是很精采的作品。

我也祝福ＭＯＮ接下來的活躍，並祈願您的幻想更加多彩多姿。

十五年，並不是所有人都能到達的地方，可以得到如此多的掌聲也是很特別的吧。這些掌聲都在背後推動著我，衝過終點線的現在，心中滿溢著終於完成了的成就感以及感謝的心情。

雖然我想就這樣安穩地一直倒在這裡。

但我不繼續往前不行。

我要睜開眼睛，站起來。

就算我不是雪螳螂，我的前方也不只是燦爛的春日。

全新的地平線，就在眼前，逐漸逼近。

雪螳螂【完全版】

紅玉いづき

輕文學 Light Literature

從絕望的盡頭所展開的，稚嫩少女崩毀與重生的故事。
紅玉いづき經典再現，特別收錄外傳〈鳥籠巫女與聖劍騎士〉！

角鴞與夜之王 完全版

紅玉いづき / 著　Miyako・米宇 / 譯

在魔物肆虐的夜之森中，出現一名謎樣的少女。額上烙印著數字，雙手雙腳被不可能解開的鎖鏈束縛。自稱角鴞的少女，將自己獻身於美麗的魔物之王。她只有一個願望：「你願不願意吃我？」一心求死的角鴞，和厭惡人類的夜之王。一切的故事，都起始於這個美麗的月夜——

定價：NT$360/HK$120

輕文學
Light Literature

伴隨詛咒而生的王子與公主，有如童話般的戀曲——
紅玉いづき經典再現，特別收錄全新篇章〈初戀的禮物〉！

毒吐姫與星之石 完全版

紅玉いづき／著　黃真芳・米宇／譯

「星星墜落吧！光芒消失吧！生命滅絕吧！」在一切國運交付給全知上天的國家維恩，有位因伴隨凶兆而生被棄於市井間的公主。多年後，在星星與神明的指引下，總是口吐惡毒詛咒的公主被迎回宮中，奪去了聲音，僅帶著胸前的星之石，嫁往鄰國列德亞克。前來迎接她的，是擁有異形四肢的王子——

定價：NT$300/HK$100

國家圖書館出版品預行編目資料

雪螳螂 / 紅玉いづき作 ; 林吟芳 , 米宇譯 .
-- 初版 . -- 臺北市 : 臺灣角川股份有限公司 ,
2024.06
面 ;　公分
完全版
ISBN 978-626-400-095-6(平裝)

861.57　　113005082

輕文學 Light Literature

雪螳螂　完全版

原著名＊雪蟷螂 完全版

作　　者＊紅玉いづき
插　　畫＊ＭＯＮ
譯　　者＊林吟芳、米宇

2024年6月27日　初版第1刷發行

發 行 人＊台灣角川股份有限公司
總　　監＊呂慧君
總 編 輯＊蔡佩芬
主　　編＊李維莉
美術設計＊邱靖婷
印　　務＊李明修（主任）、張加恩（主任）、張凱棋、潘尚琪

台灣角川

發 行 所＊台灣角川股份有限公司
地　　址＊104台北市中山區松江路223號3樓
電　　話＊（02）2515-3000
傳　　真＊（02）2515-0033
網　　址＊http://www.kadokawa.com.tw
劃撥帳戶＊台灣角川股份有限公司
劃撥帳號＊19487412
法律顧問＊有澤法律事務所
製　　版＊尚騰印刷事業有限公司
I S B N＊978-626-400-095-6